閒情樂事

閒情樂事

梁實秋 周作人 林語堂 等
陳平原 編

香港城市大學出版社
City University of Hong Kong Press

項目統籌	陳小歡
實習編輯	張琳鈺（香港城市大學亞洲及國際研究學系四年級） 陳鎂琪（香港城市大學犯罪學及社會學系四年級）
書籍設計	蕭慧敏

國際統一書號：978-962-937-387-0

出版

香港城市大學出版社
香港九龍達之路
香港城市大學
網址：www.cityu.edu.hk/upress
電郵：upress@cityu.edu.hk

Leisure and Pleasure

(in traditional Chinese characters)

ISBN: 978-962-937-387-0

Published by

City University of Hong Kong Press
Tat Chee Avenue
Kowloon, Hong Kong
Website: www.cityu.edu.hk/upress
E-mail: upress@cityu.edu.hk

Printed in Hong Kong

目錄

編輯說明

本套「課堂外的讀本系列」由陳平原、錢理群、黃子平教授分別編選。

為了尊重原作，除了個別標點及明顯的排印錯誤外，本叢書的一些習慣用法及其措辭均依舊原文排印，其中個別不符合當下習慣者，請讀者諒解。

收聽有聲書方法

本書每篇文章均提供免費錄音，讀者可選擇以下其中一種方法收聽：

方法一： 以智能手機掃描文章右上角之二維碼（QR code），即可收聽該篇文章之錄音。

方法二： 登入 Youtube.com 網站：

    i. 搜尋 "CityUPressHK"；

    ii. 然後點擊 CityUPressHK 頻道；

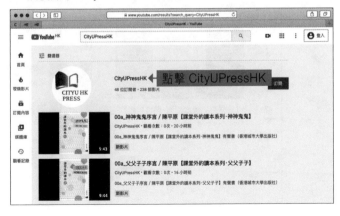

iii. 進入 CityUPressHK 頻道後，點擊「播放清單」，然後選擇
　　【課堂外的讀本系列・閒情樂事】，收聽有關文章的錄音。

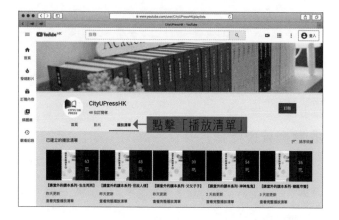

方法三： 直接登入【課堂外的讀本系列・閒情樂事】播放清單網頁：
http://www.youtube.com/watch?v=_5BdtMUhFig&list=PL7Jm9R068Z3vsie33-9Sui8bTYjyp5z3M

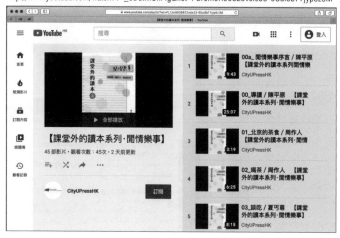

序言

陳平原

　　據説，分專題編散文集我們是始作俑者，而且這一思路目前頗能為讀者接受，這才真叫「無心插柳柳成蔭」。當初編這套叢書時，考慮的是我們自己的趣味，能否暢銷是出版社的事，我們不管。並非故示清高或推卸責任，因為這對我們來説純屬「玩票」，不靠它賺名聲，也不靠它發財。説來好玩，最初的設想只是希望有一套文章好讀、裝幀好看的小書，可以送朋友，也可以擱在書架上。如今書出得很多，可真叫人看一眼就喜歡，願把它放在自己的書架上隨時欣賞把玩的卻極少。好文章難得，不敢説「野無遺賢」，也不敢説入選者皆「字字珠璣」，只能説我們選得相當認真，也大致體現了我們對二十世紀中國散文的某些想法。「選家」之事，説難就難，説易就易，這點如魚飲水，冷暖自知。

　　記得那是一九八八年春天，人民文學出版社約我編《林語堂散文集》。此前我寫過幾篇關於林氏的研究文章，編起來很容易，可就是沒興致。偶然説起我們對二十世紀中國散文的看法，以及分專題編一套小書的設想，沒想到出版社很欣賞。這樣，一九八八年暑假，錢理群、黃子平和我三人，又重新合作，大熱天悶在老錢那間十平方米的小屋裏讀書，先擬定體例，劃分專題，再分頭選文；讀到出乎意料之外的好文章，當即「奇文共欣賞」；不過也淘汰了大批徒有虛名的「名作」。開始以為遍地黃金，撿不勝撿；可沙裏淘金一番，才知道好文章實在並不多，每個專題才選了那麼幾萬字，根本不夠原定的字數。開學以後又

泡圖書館，又翻舊期刊，到一九八九年春天才初步編好。接着就是撰寫各書的導讀，不想隨意敷衍幾句，希望能體現我們的趣味和追求，而這又是頗費斟酌的事。一開始是「玩票」，愈做愈認真，變成撰寫二十世紀中國散文史的準備工作。只是因為突然的變故，這套小書的誕生小有周折。

對於我們三人來説，這遲到的禮物，最大的意義是紀念當初那愉快的學術對話。就為了編這幾本小書，居然「大動干戈」，臉紅耳赤了好幾回，實在不夠灑脱。現在回想起來，確實有點好笑。總有人問，你們三個弄了大半天，就編了這幾本小書，值得嗎？我也説不清。似乎做學問有時也得講興致，不能老是計算「成本」和「利潤」。唯一有點遺憾的是，書出得不如以前想像的那麼好看。

這套小書最表面的特徵是選文廣泛和突出文化意味，而其根本則是我們對「散文」的獨特理解。從章太炎、梁啟超一直選到汪曾祺、賈平凹，這自然是與我們提出的「二十世紀中國文學」概念密切相關。之所以選入部分清末民初半文半白甚至純粹文言的文章，目的是借此凸現二十世紀中國散文與傳統散文的聯繫。魯迅説五四文學發展中「散文小品的成功，幾乎在小説戲曲和詩歌之上」（〈小品文的危機〉），原因大概是散文小品穩中求變，守舊出新，更多得到傳統文學的滋養。周作人

突出明末公安派文學與新文學的精神聯繫（〈雜拌兒跋〉和《中國新文學的源流》），反對將五四文學視為歐美文學的移植，這點很有見地。但如以散文為例，單講輸入的速寫（sketch）、隨筆（essay）和「阜利通」（feuilleton）[1] 固然不夠，再搭上明末小品的影響也還不夠；魏晉的清談、唐末的雜文、宋人的語錄，還有唐宋八大家乃至「桐城謬種選學妖孽」，都曾在本世紀的中國散文中產生過遙遠而深沉的回音。

　　面對這一古老而又生機勃勃的文體，學者們似乎有點手足無措。五四時輸出「美文」的概念，目的是想證明用白話文也能寫出好文章。可「美文」概念很容易被理解為只能寫景和抒情；雖然由於魯迅雜文的成就，政治批評和文學批評的短文，也被劃入散文的範圍，卻總歸不是嫡系。世人心目中的散文，似乎只能是風花雪月加上悲歡離合，還有一連串莫名其妙的比喻和形容詞，甜得發膩，或者借用徐志摩的話：「濃得化不開」。至於學者式重知識重趣味的疏淡的閒話，有點苦澀，有點清幽，雖不大容易為入世未深的青年所欣賞，卻更得中國古代散文的神韻。不只是逃避過分華麗的辭藻，也不只是落筆時的自然大方，這種雅致與瀟灑，更多的是一種心態、一種學養，一種無以名之但確能體會到

---

1. 阜利通：英文 feuilleton 的音譯，指短篇小品文。

的「文化味」。比起小說、詩歌、戲劇，散文更講渾然天成，更難造假與敷衍，更依賴於作者的才情、悟性與意趣──因其「技術性」不強，很容易寫，但很難寫好，這是一種「看似容易成卻難」的文體。

選擇一批有文化意味而又妙趣橫生的散文分專題彙編成冊，一方面是讓讀者體會到「文化」不僅凝聚在高文典冊上，而且滲透在日常生活中，落實為你所熟悉的一種情感，一種心態，一種習俗，一種生活方式；另一方面則是希望借此改變世人對散文的偏見。讓讀者自己品味這些很少「寫景」也不怎麼「抒情」的「閒話」，遠比給出一個我們認為準確的「散文」定義更有價值。

當然，這只是對二十世紀中國散文的一種讀法，完全可以有另外的眼光、另外的讀法。在很多場合，沉默本身比開口更有力量，空白也比文字更能說明問題。細心的讀者不難發現我們淘汰了不少名家名作，這可能會引起不少人的好奇和憤怒。無意故作驚人之語，只不過是忠實於自己的眼光和趣味，再加上「漫說文化」這一特殊視角。不敢保證好文章都能入選，只是入選者必須是好文章，因為這畢竟不是以藝術成就高低為唯一取捨標準的散文選。希望讀者能接受這有個性有鋒芒因而也就可能有偏見的「漫說文化」。

一九九二年九月八日於北大

導讀

陳平原

收集在這裏的基本上都是閒文。除了所寫繫人生瑣事無關家國大業外，更在於文中幾乎無處不在的閒情逸致。把善於消閒概括為「士大夫趣味」未必恰當，只不過文人確實於消閒外，更喜歡舞文弄墨談消閒。談消閒者未必真能消閒，可連消閒都不准談的年代，感情的乾枯粗疏與生活的單調乏味則可想而知。有那麼三十年，此類閒文幾乎絕跡，勉強找到的幾篇，也都不盡如人意。説起來閒文也還真不好寫，首先心境要寬鬆，意態要瀟灑，文章才能有靈氣。大文章有時還能造點假，散文小品則全是作家性情的自然流露，高低雅俗一目了然。當然，比起別的正經題目來，衣食住行、草木鳥獸乃至琴棋書畫，無疑還是更對中國文人的口味。即使是在風雲激盪的二十世紀，也不難找到一批相當可讀的談論此類「生活的藝術」的散文小品。

一

「在中國，衣不妨污濁，居室不妨簡陋，道路不妨泥濘，而獨在吃上分毫不能馬虎。衣食住行的四事之中，食的程度遠高於其餘一切，很不調和。中國民族的文化，可以説是口的文化。」這話是夏丏尊在一九三〇年説的，半個世紀後讀來仍覺頗為新鮮。唯一需要補充的是，不單普通中國人愛吃善吃，而且中國文人似乎也格外喜歡談論吃——在

二十世紀中國散文小品中，談論衣、住、行的佳作寥寥無幾，而談論吃的好文章卻比比皆是。

對於烹調專家來說，這裏講究的「吃」簡直不能算吃。顯然，作家關心的不是吃的「內容」，而是吃的「形式」。更準確地說，是滲透在「吃」這一行為中的人情物理。說「他民族的鬼只要香花就滿足了，而中國的鬼仍依舊非吃不可」，故祭祀時要獻豬頭乃至全羊全牛（夏丏尊〈談吃〉）；說中國人天上地下什麼都敢吃，不過為了心理需要，「人們對於那些奇特的食品往往喜歡『錫以嘉名』」，（王力〈奇特的食物〉）；說理想的飲食方法是「故意往清茶淡飯中尋其固有之味」，而這大概「在西洋不會被領解」（周作人〈喝茶〉）……這實際上探究的是體現在「食」上的民族文化心理。

正因為這樣，談論中國人「吃的藝術」的文章，基於其對民族文化的態度，大體上可分為兩類：重在褒揚中國文化者，着力於表現中國人吃的情趣；重在批判國民性者，主要諷刺中國人吃的惡相。兩者所使用的價值尺度不同，不過在承認中國人能吃而且借吃消閒這一點上是一致的。林語堂為洋派的抽煙卷辯護，不過說些「心曠神怡」或者「暗香浮動奇思湧發」之類着眼於實際效果的話（〈我的戒煙〉），哪及得上吳組緗所描述的那作為「我們民族文化的結晶」的抽水煙：有鬍子老伯伯吸煙時「表現了一種神韻，淳厚，圓潤，老拙，有點像劉石庵的書法」；

年輕美貌的孀子吸煙時「這風姿韻味自有一種穠纖柔媚之致，使你彷彿讀到一章南唐詞」；至於風流儒雅的先生吸煙時的神態，「這飄逸淡遠的境界，豈不是有些近乎倪雲林的山水」？你可以不欣賞乃至厭惡這種充滿裝飾意味的「生活的藝術」，可你不能不承認它自有其特點：它的真正效用並不在於過煙癮，而是「一種閒逸生活的消遣與享受」（吳組緗〈煙〉）。實際上中國有特點的食物，多有這種「非功利」的純為體味「閒中之趣」的意味，欣賞者、批判者都明白這一點。

　　夏丏尊懷疑「中國民族是否都從餓鬼道投胎而來」，因此才如此善吃（〈談吃〉）；豐子愷譏笑中國人甚具吃瓜子天才，「恐怕是全中國也可消滅在『格，呸』、『的，的』的聲音中呢」（〈吃瓜子〉），自然都頗為惡謔。可跟同時代關於國民性討論的文章比較，不難理解作者的苦衷。至於吳組緗厭惡跟「古老農業民族生活文化」聯繫在一起的「閒散的藝術化生活」（〈煙〉），阿英慨歎「不斷的國內外炮火，竟沒有把周作人的茶庵，茶壺，和茶碗打碎」（〈吃茶文學論〉），更是跟待定時代的政治氛圍密切相關。在他們看來，「消閒」那是山人隱士的雅事，與為救亡圖存而奮鬥的新時代知識分子無緣，唯一的作用只能是銷蝕鬥志。這種反消閒的傾向在階級鬥爭的弦繃得格外緊的年代裏得到畸形的發展，煙茶之嗜好甚至成了治罪的根據。這就難怪邵燕祥要為一切飲茶者祝福：「但願今後人們無論老少，都不必在像喝茶之類的問題上瞻前顧後，做『最壞』條件的思想準備。」（〈十載茶齡〉）

其實，夏丏尊、豐子愷等人本性上又何嘗真的不喜歡「消閒」，只不過為感時憂國故作決絕語。聽豐子愷談論吃酒的本旨乃為興味為享樂而不求功利不求速醉，你才明白作家的真性情。而這種說法其實跟周作人關於茶食的諸多妙論沒多少差別。在周氏看來，「我們於日用必需的東西以外，必須還有一點無用的遊戲與享樂，生活才覺得有意思」，因而，喝不求解渴的酒與吃不求充飢的點心便是生活中必不可少的「裝點」（〈北京的茶食〉）。沒這些當然也能活下去，可生活之乾燥粗鄙與精美雅致的區別，正在這「無用的裝點」上。所謂「『忙裏偷閒，苦中作樂』，不在完全的現世享樂一點美與和諧，在剎那間體會永久」，實不限於日本的茶道（周作人〈喝茶〉），中國人的飲食方式中也不乏此種情致。這裏講究的是飲食時的心境，而不是製作工藝的複雜或者原料之珍貴。作家們津津樂道的往往是普普通通的家鄉小吃，而不是滿漢全席或者其他什麼宮廷名饌。除了賈平凹所說的，於家鄉小吃中「地方風味，人情世俗更體察入微」外（〈陝西小吃小識錄〉），更有認同於普通人日常生活的意味。靠揮金如土來維持飲食的「檔次」，那是「暴發戶」加「饕餮」，而不是真正的美食家。美食家當然不能為無米之炊，可追求的不是豪華奢侈，而是努力探尋家常飲饌中的真滋味全滋味。這一點，財大氣粗的饕餮自然無法理解，即使當年批判「消閒」的鬥士們也未必都能領會。周作人的喝清茶，豐子愷的品黃酒，賈平凹的覓食小吃，實在都說不上糜費，可享受者所獲得的樂趣與情致，確又非常人所能領悟。

不過，話說回來，近百年風雲變幻，這種以消閒為基調的飲食方式實在久違了，絕大部分人的口味和感覺都變得粗糙和遲鈍起來，難得欣賞周作人那瓦屋紙窗清泉綠茶與素雅的陶瓷茶具。這點連提倡者也無可奈何。於是文中不免或多或少帶點感傷與懷舊的味道，以及對「苦澀」的偏愛。周作人把愛喝苦茶解釋為成年人的可憐之處，可我想下個世紀的中國人未必真能領悟這句話的份量——但願如此。

二

比起「食」來，「衣」、「住」、「行」似乎都微不足道。二十世紀的中國文人對「食」的興趣明顯高於其他三者。難道作家們也信「什麼都是假的，只有吃到肚裏是真的」？抑或中國過分發達的「食文化」對其「兄弟」造成了不必要的抑制？可縱觀歷史，則又未必。或許這裏用得上時下一句「名言」：愈是亂世，愈是能吃。戰亂年代對服飾、居室的講究明顯降到最低限度，而流浪四方與旅遊觀光也不是一回事，可就是「吃」走到哪兒都忘不了，而且都能發揮水平。有那麼三十年雖說不打仗，但講究穿着成了資產階級的標誌，更不用說花錢走路這一「有閒階級的陋習」，唯有關起門來吃誰也管不着，只要條件允許。這就難怪談衣、住、行的好文章少得可憐。

林語堂稱西裝令美者更美醜者更醜，而「中國服裝是比較一視同仁，自由平等，美者固然不能盡量表揚其身體美於大庭廣眾之前，而醜者也較便於藏拙，不至於太露形跡了，所以中服很合於德謨克拉西的精神」（〈論西裝〉），這自是一家之言，好在文章寫得俏皮有趣。梁實秋談男子服裝千篇一律，而「女子的衣裳則頗多個人的差異，仍保留大量的裝飾的動機，其間大有自由創造的餘地」（〈衣裳〉），文章旁徵博引且雍容自如。可林、梁二君喜談服裝卻對服裝不甚在行，強調衣裳是文化中很燦爛的一部分，可也沒談出個子丑寅卯。真正對服裝有興趣而且在行的是張愛玲，一篇〈更衣記〉，可圈可點之處實在太多了。語言風趣學識淵博還在其次，更精彩的是作者力圖描述時裝與時代風氣的關係，以及時裝變化深層的文化心理。講到清代女子服飾的特點時，張愛玲說：「這樣聚集了無數小小的有趣之點，這樣不停地另生枝節，放恣，不講理，在不相干的事物上浪費了精力，正是中國有閒階級一貫的態度。唯有世上最消閒的國家裏最閒的人，方才能夠領略到這些細節的妙處。」民國初年，時裝顯出空前的天真輕快，喇叭管袖子的妙處是露出一大截玉腕；軍閥來來去去，時裝日新月異，並非表現精神活潑思想新穎，而是沒能力改變生存境況的人們力圖創造衣服這一「貼身環境」；三十年代圓筒式的高領遠遠隔開了女神似的頭與豐柔的肉身，象徵了那理智化的淫逸風氣；四十年代旗袍的最重要變化是衣袖的廢除，突出人

體輪廓而不是衣服。至於四十年代何以會在時裝領域中流行減法——刪去所有有用無用的點綴品，張愛玲沒有述説。其實，幾十年時裝的變化是篇大文章的題目，非散文家三言兩語所能解答。張氏不過憑其機智以及對時裝的「一往情深」，勾勒了其大致輪廓。

　　住所之影響於人的性格乃至一時的心境，無疑相當突出。因而，對住所的要求往往是主人人格的潛在表現。在郁達夫、梁實秋談論住所的文章中，洋溢着鮮明的士大夫情趣，講求的是雅致而不是舒適。當然，「舒適」需要更多的金錢，「雅致」則可以窮開心。窮是時代使然，可窮也要窮得有品味——這是典型的中國文人心態。郁達夫要求的住所是能登高望遠，房子周圍要有樹木草地（〈住所的話〉）；梁實秋欣賞不能蔽風雨的「雅舍」，則因其地勢偏高得月較先，雖説陳設簡樸但有個性，「有個性就可愛」（〈雅舍〉）。

　　梁實秋説「我們中國人是最怕旅行的一個民族」（〈旅行〉），這話起碼不準確，翻翻古人留下的一大批情文並茂的遊記，不難明白這一點。只是在兵荒馬亂的年代，中國人才變得最怕旅行。旅行本來是逃避平庸、逃避醜惡以及培養浪漫情調的最好辦法，它使得灰色單調的人生顯得比較可以忍耐。可倘若旅行之難難於上青天，那也自然只好「貓」在家裏了。完全圈在四合院裏，不必仰屋，就想興歎。於是有了變通的辦法，若王力所描述的忙裏偷閒的「蹓躂」（〈蹓躂〉），以及梁遇春所

说的比「有意的旅行」更親近自然的「通常的走路」（〈途中〉）。「何處樓台無月明」，自己發現的美景不是遠勝於千百萬人說爛了的「名勝」？關鍵是培養一個易感的心境以及一雙善於審美的眼睛，而不是悽悽惶惶籌集資金去趕萬里路。於是，凡人百姓為謀生而必不可少的「通常的走路」，也可能具有審美的意義，當然，前提是心境的悠閒。

三

　　與談衣食住行不同，二十世紀中國作家對草木鳥獸以及琴棋書畫的關注少得可憐。雖說陸蠡說養「鶴」、老舍說養鴿，還有周作人說玩古董與梁實秋說下棋，都是難得的好文章。可總的來說，這一輯文章明顯薄弱，比起明清文人同類作品來，並沒有多少值得誇耀的新意。這也是無可奈何的事。寫作此類文章需要閒情逸致，這一百年雖也有周作人、林語堂等人提倡「生活的藝術」，可真正允許消閒的時候並不多。

　　這也是本書最後殿以一輯專作忙閒之辯文章的原因。一方面是傳統中國文人趣味傾向於「消閒」，一方面是動蕩的時代以及憂國憂民的社會責任感要求遠離「消閒」，作家們很可能有時候津津樂道，有時候又板起臉孔批判，而且兩者都是出於真心，並無投機的意味。明白這一點，才能理解同一作家不同作品之間價值評判標準的矛盾。在我看來，

忙閒之辯雙方各有其價值，只是要求入選的文章寫得有情致，火氣太盛的「大批判文章」難免不入時人眼。自以為手握真理可以置論敵於死地者，往往不屑於平心靜氣展開論辯，或只是挖苦，或一味嘲諷，主要是表達一種情感意向而不是說理，因而時過境遷，文章多不大可讀。

還有一點，提倡「消閒」者，往往是從個人安身立命考慮，且多身體力行；反對「消閒」者，則更多着眼於社會發展，主要要求世人遵循。為自己立論，文章容易瀟灑輕鬆；為他人說教，則文章難得雍容優雅。當然，不排除編選者對前者的偏愛，並因而造成某種理論的盲點，遺漏了一批好文章。好在批判消閒的宏文歷來受到文學史家的肯定，各種選本也多有收錄，讀者不難找到。因而，即使單從補闕的角度，多收錄幾篇為消閒辯護的文章，似乎也是可以說得過去的。

正如王力所說的，「好閒」未必真的一定「游手」，「如果閒得其道，非特無損，而且有益」（〈閒〉）。整天沒完沒了地工作，那是機器，而不是「人」——真正意義的人。豐子愷講求「暫時脫離塵世」，放棄慾念，不談工作，「白日做夢」，那對於健全的人生很有必要，就因為它「是快適的，是安樂的，是營養的」（〈暫時脫離塵世〉）。其實，這一點中國古代文人早有領悟，從陶淵明、蘇東坡，到張潮、李笠翁，都是「能閒世人之所忙者，方能忙世人之所閒」的「快樂天才」。這裏「忙」、「閒」的對立，主要是所忙、所閒內容的對立，與周作人從日本引進的

「努力地工作，盡情地歡樂」不盡相同。只是在強調消閒對於忙碌的世俗人生的重要性這方面，兩者才有共同語言。

深受英國隨筆影響的梁遇春，從另一個角度來談論這一問題。反對無謂的忙亂，提倡遲起的藝術，「遲起本身好似是很懶惰的，但是它能夠給我們最大的活氣，使我們的生活跳動生姿」（〈「春朝」一刻值千金〉）；譏笑毫無生氣的謙讓平和，讚賞任性順情、萬事隨緣、充滿幻想與樂觀精神，無時不在盡量享受生命的「流浪漢」（〈談「流浪漢」〉）。有趣的是，梁遇春談「流浪漢」，選中的中國古代文人是蘇東坡；而這跟提倡閒適名揚海內外的林語堂正相吻合。可見兩者確有相通之處。

承認「消閒」對於活人生的意義，並非提倡山人隱士式的「不知有漢，無論魏晉」，更不欣賞「裝點山林大架子，附庸風雅小名家」。忙忙碌碌終其一生不大可取，以閒適自傲也未必高明。如何把握「忙」與「閒」之間的比例，這裏有個適當的「度」，過猶不及。人生的精義就在於這個頗為微妙的「度」。

一九八九年四月十一日於暢春園

北京的茶食

周作人

　　在東安市場的舊書攤上買到一本日本文章家五十嵐力的《我的書翰》，中間說起東京的茶食店的點心都不好吃了，只有幾家如上野山下的空也，還做得好點心，吃起來餡和糖及果實渾然融合，在舌頭上分不出各自的味來。想起德川時代江戶的二百五十年的繁華，當然有這一種享樂的流風餘韻留傳到今日，雖然比起京都來自然有點不及。北京建都已有五百餘年之久，論理於衣食住方面應有多少精微的造就，但實際似乎並不如此，即以茶食而論，就不曾知道有什麼特殊的有滋味的東西。固然我們對於北京情形不甚熟悉，只是隨便撞進一家餑餑舖裏去買一點來吃，但是就撞過的經驗來說，總沒有很好吃的點心買到過。難道北京竟是沒有好的茶食，還是有而我們不知道呢？這也未必全是為貪口腹之慾，總覺得住在古老的京城裏吃不到包含歷史的精煉的或頹廢的點心是一個很大的缺陷。北京的朋友們，能夠告訴我兩三家做得上好點心的餑餑舖麼？

　　我對於二十世紀的中國貨色，有點不大喜歡，粗惡的模仿品，美其名曰國貨，要賣得比外國貨更貴些。新房子裏賣的東西，便不免都有點懷疑，雖然這樣說好像遺老的口吻，但總之關於風流享樂的事我是頗迷信傳統的。我在西四牌樓以南走過，望着異馥齋的丈許高的獨木招牌，不禁神往，因為這不但表示他是義和團以前的老店，那模糊陰暗的字跡又引起我一種焚香靜坐的安閑而豐腴的生活

的幻想。我不曾焚過什麼香，卻對於這件事很有趣味，然而終於不敢進香店去，因為怕他們在香盒上已放着花露水與日光皂了。我們於日用必需的東西以外，必須還有一點無用的遊戲與享樂，生活才覺得有意思。我們看夕陽，看秋河，看花，聽雨，聞香，喝不求解渴的酒，吃不求飽的點心，都是生活上必要的——雖然是無用的裝點，而且是愈精煉愈好。可憐現在的中國生活，卻是極端地乾燥粗鄙，別的不説，我在北京徬徨了十年，終未曾吃到好點心。

十三年二月

（選自《雨天的書》，上海：北新書局，1925 年）

喝茶

周作人

　　前回徐志摩先生在平民中學講「吃茶」——並不是胡適之先生所說的「吃講茶」——我沒有工夫去聽，又可惜沒有見到他精心結構的講稿，但我推想他是在講日本的「茶道」（英文譯作Teaism），而且一定說的很好。茶道的意思，用平凡的話來說，可以稱作「忙裏偷閒，苦中作樂」，在不完全的現世享樂一點美與和諧，在剎那間體會永久，是日本之「象徵的文化」裏的一種代表藝術。關於這一件事，徐先生一定已有透徹巧妙的解說，不必再來多嘴，我現在所想說的，只是我個人的很平常的喝茶罷了。

　　喝茶以綠茶為正宗，紅茶已經沒有什麼意味，何況又加糖——與牛奶？葛辛（George Gissing）的《草堂隨筆》（*Private Papers of Henry Ryecroft*）確是很有趣味的書，但冬之卷裏說及飲茶，以為英國家庭裏下午的紅茶與黃油麵包是一日中最大的樂事，支那飲茶已歷千百年，未必能領略此種樂趣與實益的萬分之一，則我殊不以為然。紅茶帶「土斯」未始不可吃，但這只是當飯，在肚飢時食之而已；我的所謂喝茶，卻是在喝清茶，在賞鑒其色與香與味，意未必在止渴，自然更不在果腹了。中國古昔曾吃過煎茶及抹茶，現在所用的都是泡茶，岡倉覺三在《茶之書》（*Book of Tea*, 1919）裏很巧妙的稱之曰「自然主義的茶」，所以我們所重的即在這自然之妙味。中國人上茶館去，左一碗右一碗的喝了半天，好像是剛從沙漠裏回

來的樣子，頗合於我的喝茶的意思，（聽說閩粵有所謂吃工夫茶者自然也有道理），只可惜近來太是洋場化，失了本意，其結果成為飯館子之流，只在鄉村間還保存一點古風，唯是屋宇器具簡陋萬分，或者但可稱為頗有喝茶之意，而未可許為已得喝茶之道也。

喝茶當於瓦屋紙窗之下，清泉綠茶，用素雅的陶瓷茶具，同二三人共飲，得半日之閒，可抵十年的塵夢。喝茶之後，再去繼續修各人的勝業，無論為名為利，都無不可，但偶然的片刻優游乃正亦斷不可少。中國喝茶時多吃瓜子，我覺得不很適宜，喝茶時所吃的東西應當是輕淡的「茶食」。中國的茶食卻變了「滿漢餑餑」，其性質與「阿阿兜」相差無幾；不是喝茶時所吃的東西了。日本的點心雖是豆米的成品，但那優雅的形色，樸素的味道，很合於茶食的資格，如各色的「羊羹」（據上田恭輔氏考據，說是出於中國唐時的羊肝餅），尤有特殊的風味。江南茶館中有一種「乾絲」，用豆腐乾切成細絲，加薑絲醬油，重湯燉熱，上澆麻油，出以供客，其利益為「堂倌」所獨有。豆腐乾中本有一種「茶乾」，今變而為絲，亦頗與茶相宜。在南京時常食此品，據云有某寺方丈所製為最，雖也曾嘗試，卻已忘記，所記得者乃只是下關的江天閣而已。學生們的習慣，平常「千絲」既出，大抵不即食，等到麻油再加，開水重換之後，始行舉箸，最為合適，因為一到即罄，次碗繼至，不遑應酬，否則麻油三澆，旋即撤去，怒形於色，未免使客不歡而散，茶意都消了。

吾鄉昌安門外有一處地方，名三腳橋（實在並無三腳，乃是三出，因以一橋而跨三汊的河上也），其地有豆腐店曰周德和者，製茶乾最有名。尋常的豆腐乾方約寸半，厚三分，值錢二文，周德和

的價值相同，小而且薄，幾及一半，黝黑堅實，如紫檀片。我家距三腳橋有步行兩小時的路程，故殊不易得，但能吃到油炸者而已。每天有人挑擔設爐鑊，沿街叫賣，其詞曰：

> 辣醬辣，
> 麻油炸，
> 紅醬搽，
> 辣醬拓：
> 周德和格五香油炸豆腐乾。

其製法如上所述，以竹絲插其末端，每枚值三文。豆腐乾大小如周德和，而甚柔軟，大約係常品。唯經過這樣烹調，雖然不是茶食之一，卻也不失為一種好豆食——豆腐的確也是極好的佳妙的食品，可以有種種的變化，唯在西洋不會被領解，正如茶一般。

日本用茶淘飯，名曰「茶漬」，以醃菜及「澤庵」（即福建的黃土蘿蔔，日本澤庵法師始傳此法，蓋從中國傳去），等為佐，很有清淡而甘香的風味。中國人未嘗不這樣吃，唯其原因，非由窮困即為節省，殆少有故意往清茶淡飯中尋其固有之味者，此所以為可惜也。

十三年十二月

（選自《雨天的書》，上海：北新書局，1925 年）

談吃

夏丏尊

　　說起新年的行事，第一件在我腦中浮起的是吃。回憶幼時一到冬季就日日盼望過年，等到過年將屆就樂不可支，因為過年的時候有種種樂趣，第一是吃的東西多。

　　中國人是全世界善吃的民族。普通人家，客人一到，男主人即上街辦吃場，女主人即入廚羅酒漿，客人則坐在客堂裏口嗑瓜子，耳聽碗盞刀俎的聲響，等候吃飯。吃完了飯，大事已畢，客人拔起步來說「叨擾」，主人說「沒有什麼好的待你」，有的還要苦留：「吃了點心去」，「吃了夜飯去」。

　　遇到婚喪，慶弔只是虛文，果腹倒是實在。排場大的大吃七日五日，小的大吃三日一日。早飯，午飯，點心，夜飯，夜點心，吃了一頓又一頓，吃得來不亦樂乎，真是酒可為池，肉可成林。

　　過年了，輪流吃年飯，送食物。新年了，彼此拜來拜去，講吃局。端午要吃，中秋要吃，生日要吃，朋友相會要吃，相別要吃。只要取得出名詞，就非吃不可，而且一吃就了事，此外不必有別的什麼。

　　小孩子於三頓飯以外，每日好幾次地向母親討銅板，買食吃。普通學生最大的消費不是學費，不是書籍費，乃是吃的用途。成人對於父母的孝敬，重要的就是奉甘旨[1]。中饋自古佔着女子教育上的

1.　奉甘旨：獻上美好的食品。

主要部分。「食不厭精，膾不厭細」，「沽酒，市脯」，「割不正」，聖人不吃。梨子蒸得味道不好，賢人就可以出妻。家裏的老婆如果弄得出好菜，就可以驕人。古來許多名士至於費盡苦心，別出心裁，考察出好幾部特別的食譜來。

不但活着要吃，死了仍要吃。他民族的鬼只要香花就滿足了，而中國的鬼仍依舊非吃不可。死後的飯碗，也和活時的同樣重要，或者還更重要。普通人為了死後的所謂「血食」，不辭廣蓄姬妾，預置良田。道學家為了死後的冷豬肉，不辭假仁假義，拘束一世。朱竹垞寧不吃冷豬肉，不肯從其詩集中刪去《風懷二百韻》的豔詩，至今猶傳為難得的美談，足見冷豬肉犧牲不掉的人之多了。

不但人要吃，鬼要吃，神也要吃，甚至連沒嘴巴的山川也要吃。有的但吃豬頭，有的要吃全豬，有的是專吃羊的，有的是專吃牛的，各有各的胃口，各有各的嗜好，古典中大都詳有規定，一查就可知道。較之於他民族的對神只作禮拜，似乎他民族的神極端唯心，中國的神倒是極端唯物的。

梅村的詩道「十家三酒店」，街市裏最多的是食物舖。俗語說「開門七件事」，家庭中最麻煩的不是教育或是什麼，乃是料理食物。學校裏最難處置的不是程度如何提高，教授如何改進，乃是飯廳風潮。

俗語說得好，只有「兩腳的爺娘不吃，四腳的眠牀不吃」。中國人吃的範圍之廣，真可使他國人為之吃驚。中國人於世界普通的食物之外，還吃着他國人所不吃的珍饈：吃西瓜的實，吃鯊魚的鰭，吃燕子的窠，吃狗，吃烏龜，吃狸貓，吃癩蝦蟆，吃癩頭黿，

吃小老鼠。有的或竟至吃到小孩的胞衣以及直接從人身上取得的東西。如果能夠，怕連天上的月亮也要挖下來嘗嘗哩。

至於吃的方法，更是五花八門，有烤，有燉，有蒸，有滷，有炸，有燴，有醉，有炙，有溜，有炒，有拌，真正一言難盡。古來盡有許多做菜的名廚司，其名字都和名卿相一樣煊赫地留在青史上。不，他們之中有的並升到高位，老老實實就是名卿相。如果中國有一件事可以向世界自豪的，那麼這並不是歷史之久，土地之大，人口之眾，軍隊之多，戰爭之頻繁，乃是善吃的一事。中國的餚菜已征服了全世界了。有人說中國人有三把刀為世界所不及，第一把就是廚刀。

不見到喜慶人家掛着的福祿壽三星圖嗎？福祿壽是中國民族生活上的理想。畫上的排列是祿居中央，右是福，壽居左。祿也者，拆穿了說就是吃的東西。老子也曾說過：「虛其心實其腹」，「聖人為腹不為目。」吃最要緊，其他可以不問。「嫖賭吃着」之中，普通人皆認吃最實惠。所謂「着威風，吃受用，賭對沖，嫖全空」，什麼都假，只有吃在肚裏是真的。

吃的重要更可於國人所用的言語上證之。在中國，吃字的意義特別複雜，什麼都會帶了「吃」字來說。被人欺負曰「吃虧」，打巴掌曰「吃耳光」，希求非分曰「想吃天鵝肉」，訴訟曰「吃官司」，中槍彈曰「吃衛生丸」，此外還有什麼「吃生活」「吃排頭」等等。相見的寒暄，他民族說「早安」「午安」「晚安」，而中國人則說：「吃了早飯沒有？」「吃了中飯沒有？」「吃了夜飯沒有？」對於職業，普通也用吃字來表示，營什麼職業就叫做吃什麼飯。「吃賭飯」，「吃堂子飯」，「吃洋行飯」，「吃教書飯」，諸如此類，不必說了。

甚至對於應以信仰為本的宗教者，應以保衛國家為職志的軍士，也都加吃字於上。在中國，教徒不稱信者，叫做「吃天主教的」，「吃耶穌教的」，從軍的不稱軍人，叫做「吃糧的」，最近還增加了什麼「吃黨飯」「吃三民主義」的許多新名詞。

衣食住行為生活四要素，人類原不能不吃。但吃字的意義如此複雜，吃的要求如此露骨，吃的方法如此麻煩，吃的範圍如此廣泛，好像除了吃以外就無別事也者，求之於全世界，這怕只有中國民族如此的了。

在中國，衣不妨污濁，居室不妨簡陋，道路不妨泥濘，而獨在吃上分毫不能馬虎。衣食住行的四事之中，食的程度遠高於其餘一切，很不調和。中國民族的文化，可以說是口的文化。

佛家說六道輪迴，把眾生分為天、人、修羅、畜生、地獄、餓鬼六道。如果我們相信這話，那麼中國民族是否都從餓鬼道投胎而來，真是一個疑問。

（選自《中學生》第一號，1930 年 1 月）

我的戒煙

林語堂

　　凡吸煙的人，大部曾在一時糊塗，發過宏願，立志戒煙，在相當期內與此煙魔，決一雌雄，到了十天半個月之後，才自醒悟過來。我有一次也走入歧途，忽然高興戒煙起來，經過三星期之久，才受良心責備，悔悟前非。我賭咒着，再不頹唐，再不失檢，要老老實實做吸煙的信徒，一直到老耄為止。到那時期，也許會聽青年會僉德會三姑六婆的妖言，把他戒絕，因為一人到此時候，總是神經薄弱，身不由主，難代負責。但是意志一日存在，是非一日明白時，決不會再受誘惑。因為經過此次的教訓，我已十分明白，無端戒煙斷絕我們魂靈的清福，這是一件虧負自己而無益於人的不道德行為。據英國生物化學名家夏爾登 Haldane 教授說，吸煙為人類有史以來最有影響於人類生活的四大發明之一。其餘三大發明之中，記得有一件是接猴腺青春不老之新術。此是題外不提。

　　在那三星期中，我如何的昏迷，如何的懦弱，明知於自己的心身有益的一根小小香煙，就沒有膽量，取來享用，說來真是一段醜史。此時事過境遷，回想起來，倒莫明以那次昏迷一發發到三星期。若把此三星期中之心理歷程細細敘述起來，真是罄竹難書。自然，第一樣，這戒煙的念頭，根本就有點糊塗。為什麼人生世上要戒煙呢？這問題我現在也答不出。但是我們人類的行為，總常是沒有理由的，有時故意要做做不該做的事，有時處境太閒，無事可

作，故意降大任於己身，苦其筋骨，餓其體膚，空乏其身，把自己的天性拂亂一下，預備做大丈夫罷？除去這個理由，我想不出當日何以想出這種下流的念頭。這實有點像陶侃之運甓，或是像現代人的健身運動——文人學者無柴可剖，無水可吸，無車可拉，兩手在空中無目的的一上一下，為運動而運動，於社會工業之生產，是毫無貢獻的。戒煙戒酒，大概就是賢人君子的健靈運動罷。

　　自然，頭三天，喉嚨口裏，以至氣管上部，似有一種怪難堪似癢非癢的感覺。這倒易辦。我吃薄荷糖，喝鐵觀音，含法國頂上的補喉糖片。三天之內，便完全把那種怪癢克服消滅了。這是戒煙歷程上之第一期，是純粹關於生理上的奮鬥，一點也不足為奇。凡以為戒煙之功夫只在這點的人，忘記吸煙乃魂靈上的事業；此一道理不懂，根本就不配談吸煙。過了三天，我才進了魂靈戰鬥之第二期。到此時，我始恍然明白，世上吸煙的人，本有兩種，一種只是南郭先生之徒，以吸煙跟人湊熱鬧而已。這些人之戒煙，是沒有第二期的。他們戒煙，毫不費力。據說，他們想不吸就不吸，名之為「堅強的志願」。其實這種人何嘗吸煙？一人如能戒一癖好，如賣掉一件舊服，則其本非癖好可知。這種人吸煙，確是一種肢體上的工作，如刷牙，洗臉一類，可以刷，可以不刷，內心上沒有需要，魂靈上沒有意義的。這種人除了洗臉，吃飯，回家抱孩兒以外，心靈上是不會有所要求的，晚上同儉德會女會員的太太們看看《伊索寓言》也就安眠就寢了。辛稼軒之詞，王摩詰之詩，貝多芬之樂，王實甫之曲是與他們無關的。廬山瀑布還不是從上而下的流水而已？試問讀稼軒之詞，摩詰之詩而不吸煙，可乎？不可乎？

　　但是在真正懂得吸煙的人，戒煙卻有一個問題，全非儉德會男女會員所能料到的。於我們這一派真正吸煙之徒，戒煙不到三日，

其無意義，與待己之刻薄，就會浮現目前。理智與常識就要問：為什麼理由，政治上，社交上，道德上，生理上，或者心理上，一人不可吸煙，而故意要以自己的聰明埋沒，違背良心，戕賊天性，使我們不能達到那心曠神怡的境地？誰都知道，作文者必精力美滿，意到神飛，胸襟豁達，鋒發韻流，方有好文出現，讀書亦必能會神會意，胸中了無窒礙，神遊其間，方算是讀。此種心境，不吸煙豈可辦到？在這興會之時，我們覺得伸手拿一枝煙乃唯一合理的行為；反是，把一塊牛皮糖塞入口裏，反為俗不可耐之勾當。我姑舉一兩件事為證。

　　我的朋友 B 君由北平來滬，我們不見面，已有三年了。在北平時，我們是晨昏時常過從的，夜間尤其是吸煙瞎談文學，哲學，現代美術以及如何改造人間宇宙的種種問題。現在他來了，我們正在家裏爐旁敍舊。所談的無非是在平舊友的近況及世態的炎涼。每到妙處，我總是心裏想伸一隻手去取一枝香煙，但是表面上卻只有立起而又坐下，或者換換坐勢。B 君卻自自然然地一口一口地吞雲吐霧，似有不勝其樂之慨。我已告訴他，我戒煙了，所以也不好意思當場破戒。話雖如此，心坎裏只覺得不快，嗒然若有所失，我的神志是非常清楚的。每回 B 君高談闊論之下，我都能答一個「是」字，而實際上卻恨不能同他一樣的興奮傾心而談。這樣畸形地談了一兩小時，我始終不肯破戒，我的朋友就告別了。論「堅強的志願」與「毅力」我是凱旋勝利者，但是心坎裏卻只覺得怏怏不樂。過了幾天，B 君途中來信，說我近來不同了，沒有以前的興奮，爽快談吐也大不如前了，他說或者是上海的空氣太惡濁所致。到現在，我還是怨悔那夜不曾吸煙。

又有一夜，我們在開會，這會按例星期一次。到時聚餐之後，有人讀論文，作為討論，通常總是一種吸煙大會。這回輪着 C 君讀論文。題目叫做「宗教與革命」，文中不少詼諧語。記得 C 君說馮玉祥是進了北派美以美會，蔣介石卻進了南派美以美會。有人便說如此則吳佩孚不久定進西派美以美會。在這種扯淡之時，室內的煙氣一層一層地濃厚起來，正是暗香浮動奇思湧發之時。詩人 H 君坐在中間，斜躺椅上，正在學放煙圈，一圈一圈地往上放出，大概詩意也跟着一層一層上升，其態度之自若，若有不足為外人道者。只有我一人不吸煙，覺得如獨居化外，被放三危。這時戒煙愈看愈無意義了。我恍然覺悟，我太昏迷了。我追想搜索當初何以立志戒煙的理由，總搜尋不出一條理由來。

此後，我的良心便時起不安。因為我想，思想之貴在乎興會之神感，但不吸煙之魂靈將何以興感起來？有一下午，我去訪一位洋女士。女士坐在桌旁，一手吸煙，一手靠在膝上，身微向外，頗有神致。我覺得醒悟之時到了。她拿煙盒請我。我慢慢地，鎮靜地，從煙盒中取出一枝來，知道從此一舉，我又得道了。

我回來，即刻叫茶房去買一盒白錫包。在我書桌的右端有一焦跡，是我放煙的地方。因為吸煙很少停止，所以我在旁刻一銘曰「惜陰池」。我本來打算大約要七八年，才能將這二英寸厚的桌面燒透。而在立志戒煙之時，悵惜這「惜陰池」深只有半生丁米突而已。所以這回重複安放香煙時，心上非常快活。因為雖然尚有遠大的前途，卻可以日日進行不懈。後來因搬屋，書房小，書桌只好賣出，「惜陰池」遂不見。此為余生平第一恨事。

（選自《我的話》，上海：時代圖書公司，1934 年）

吃茶文學論

阿英

　　吃茶是一件「雅事」，但這雅事的持權者，是屬「山人」「名士」者流。所以往古以來，談論這件事最起勁，而又可考的，多居此輩。若夫鄉曲小子，販夫走卒，即使在疲乏之餘，也要跑進小茶館去喝點茶，那只是休息與解渴，說不上「品」，也說不上「雅」的。至於採茶人，根本上就談不上有什麼好茶可喝，能以留下一些「茶末」「茶梗」，來供自己和親鄰們享受，已經不是茶區裏的「凡人」了。

　　然而山人名士，不僅要吃好茶，還要寫吃茶的詩，很精緻的刻「吃茶文學」的集子。陸羽《茶經》以後，我們有的是講吃茶的書。曾經看到一部明刻的《茶集》收了唐以後的吃茶的文與詩，書前還刻了唐伯虎的兩頁《煮泉圖》，以及當時許多文壇名人的題詞。吃茶還需要好的泉水，從這《煮泉圖》的題名上，也就可以想到。因此，當時講究吃茶的名士，遙遠地僱了專船去惠山運泉，是時見於典籍，雖然丘長孺為這件事，使「品茶」的人曾經狼狽過一回，鬧了一點把江水當名泉的笑話。

　　鍾伯敬寫過一首《採雨詩》，有小序云：「雨連日夕，忽忽無春，採之瀹洺，色香可奪惠泉。其法用白布，方五六尺，繫其四角，而石壓其中央，以收四至之水，而置甕中庭受之。避雷者，惡其不潔也。終夕惚惚焉，慮水之不至，則亦不復知有雨之苦矣。以欣代厭，亦居心轉境之一道也。」在無可奈何之中，居然給他想

出這樣的方法，採雨以代名泉，為吃茶，其用心之苦，是可以概見了；張宗子坐在閔老子家，不吃到他的名茶不去，而只耗去一天，又算得什麼呢？

還有，所以然愛吃茶，是好有一比的。愛茶的理由，是和「愛佳人」一樣。享樂自己，也是裝點自己。記得西門慶愛上了桂姐，第一次在她家請客的時候，應伯爵看西門那樣的色情狂，在上茶的時候，曾經用首《朝天子》調兒的《茶調》開他玩笑。那詞道：「這細茶的嫩芽，生長在春風下。不揪不採葉兒渣，但煮着顏色大。絕品清奇，難描難畫。口兒裏常時呷，醉了時想他，醒來時愛他。原來一簍兒千金價。」拿茶比佳人，正說明了他們對於兩者認識的一致性，雖說其間也相當的有不同的地方。

話雖如此，吃茶究竟也有先決的條件，就是生活安定。張大復是一個最愛吃茶的人了，在他的《全集》裏筆談裏，若果把講吃茶的文章獨立起來，也可以印成一本書。比他研究吃茶更深刻的，也許是沒有吧。可是，當他正在研究吃茶的時候，妻子也竟要來麻煩他，說廚已無米，使他不得不放下吃茶的大事，去找買米煮飯的錢，而發一頓感歎。

從城隍廟冷攤上買回的一冊日本的殘本《近世叢語》，裏面寫得是更有趣了。說是：「山僧嗜茶，有樵夫日過焉，僧輒茶之。樵夫曰：『茶有何德，而師嗜之甚也？』僧曰：『飲茶有三益，消食一也，除睡二也，寡慾三也。』樵夫曰：『師所謂三益者，皆非小人之利也。夫小人樵蘇以給食，豆粥藜羹，僅以充腹，若嗜消食之物，是未免飢也。明而動，晦而休，晏眠熟寐，徹明不覺，雖南面王之樂莫尚之也，欲嗜除睡之物，是未免勞苦也。小人有妻，能與

小人共貧窶者，以有同寢之樂也，若嗜寡慾之物，是令妻不能安貧也。夫如此，則三者皆非小人之利也，敢辭。』」可見，吃茶也並不是人人能享到的「清福」，除掉那些高官大爵，山人名士的一類。

新文人中，談吃茶，寫吃茶文學的，也不乏人。最先有死在「風不知向那一方面吹」的詩人徐志摩等，後有做吃茶文學運動，辦吃茶雜誌的孫福熙等，不過，徐詩人「吃茶論」已經成了他全集的佚稿，孫畫家的雜誌，也似乎好久不曾繼續了，留下最好的一群，大概是只有「且到寒齋吃苦茶」的苦茶庵主周作人的一個系統。周作人從《雨天的書》時代（一九二五年）開始作「吃茶」到《看雲集》出版（一九三三年），是還在「吃茶」，不過在《五十自壽》（一九三四年）的時候，他是指定人「吃苦茶」了。吃茶而到吃苦茶，其吃茶程度之高，是可知的，其不得已而吃茶，也是可知的，然而，我們不能不欣羨，不斷的國內外炮火，竟沒有把周作人的茶庵，茶壺，和茶碗打碎呢？特殊階級的生活是多麼穩定啊。

八九年前，芥川龍之介遊上海，他曾經那樣的諷刺着九曲橋上的「茶客」；李鴻章時代，外國人也有「看中國人的『吃茶』，就可以看到這個國度無救」的預言。然而現在，即是就知識階級言，不僅有「寄沉痛於苦茶者」，也有厭膩了中國茶，而提倡吃外國茶的呢。這真不能不令人有康南海式的感歎了：「嗚呼！吾欲無言！」

一九三四年

（選自《夜航集》，上海：良友圖書印刷公司，1935 年）

吃瓜子

豐子愷

　　從前聽人説：中國人人人具有三種博士的資格：拿筷子博士、吹煤頭紙博士、吃瓜子博士。

　　拿筷子，吹煤頭紙，吃瓜子，的確是中國人獨得的技術。其純熟深造，想起了可以使人吃驚。這裏精通拿筷子法的人，有了一雙筷，可抵刀鋸叉瓢一切器具之用，爬羅剔抉，無所不精。這兩根毛竹彷彿是身體上的一部分，手指的延長，或者一對取食的觸手。用時好像變戲法者的一種演技，熟能生巧，巧極通神。不必説西洋了，就是我們自己看了，也可驚歎。至於精通吹煤頭紙法的人，首推幾位一天到晚捧水煙筒的老先生和老太太。他們的「要有火」比上帝還容易，只消向煤頭紙上輕輕一吹，火便來了。他們不必出數元乃至數十元的代價去買打火機，只要有一張紙，便可臨時在膝上捲起煤頭紙來，向銅火爐蓋的小孔內一插，拔出來一吹，火便來了。我小時候看見我們染坊店裏的管賬先生，有種種吹煤頭紙的特技。我把煤頭紙高舉在他的額旁邊了，他會把下唇伸出來，使風向上吹；我把煤頭紙放在他的胸前了，他會把上唇伸出來，使風向下吹；我把煤頭紙放在他的耳旁了，他會把嘴歪轉來，使風向左右吹；我用手按住了他的嘴，他會用鼻孔吹，都是吹一兩下就着火的。中國人對於吹煤頭紙技術造詣之深，於此可以窺見。所可惜者，自從捲煙和火柴輸入中國而盛行之後，水煙這種「國煙」竟被

冷落，吹煤頭紙這種「國技」也很不發達了。生長在都會裏的小孩子，有的竟不會吹，或者連煤頭紙這東西也不曾見過。在努力保存國粹的人看來，這也是一種可慮的現象。近來國內有不少人努力於國粹保存。國醫、國藥、國術、國樂，都有人在那裏提倡。也許水煙和煤頭紙這種國粹，將來也有人起來提倡，使之復興。

但我以為這三種技術中最進步最發達的，要算吃瓜子。近來瓜子大王的暢銷，便是其老大的證據。據關心此事的人說，瓜子大王一類的裝紙袋的瓜子，最近市上流行的有許多牌子。最初是某大藥房「用科學方法」創製的，後來有什麼「好吃來公司」、「頂好吃公司」……等種種出品陸續產出。到現在差不多無論哪個窮鄉僻處的糖食攤上，都有紙袋裝的瓜子陳列而傾銷着了。現代中國人的精通吃瓜子術，由此蓋可想見。我對於此道，一向非常短拙，說出來有傷於中國人的體面，但對自家人不妨談談。我從來不曾自動地找求或買瓜子來吃。但到人家作客，受人勸誘時，或者在酒席上、杭州的茶樓上，看見桌上現成放着瓜子盆時，也便拿起來咬。我必須注意選擇，選那較大、較厚、而形狀平整的瓜子，放進口裏，用臼齒「格」地一咬，再吐出來，用手指去剝。幸而咬得恰好，兩瓣瓜子殼各向兩旁擴張而破裂，瓜仁沒有咬碎，剝起來就較為省力。若用力不得其法，兩瓣瓜子殼和瓜仁疊在一起而折斷了，吐出來的時候我就擔憂。那瓜子已縱斷為兩半，兩半瓣的瓜仁緊緊地裝塞在兩半瓣的瓜子殼中，好像日本版的洋裝書，套在很緊的厚紙函中，不容易取它出來。這種洋裝書的取出法，現在都已從日本人那裏學得，不要把指頭塞進厚紙函中去力挖，只要使函口向下，兩手扶着函，上下振動數次，洋裝書自會脫殼而出。然而半瓣瓜子的形狀太小了，不能應用這個方法，我只得用指爪細細地剝取。有時因為

練習彈琴，兩手的指爪都剪平，和尚頭一般的手指對它簡直毫無辦法。我只得乘人不見把它拋棄了。在痛感困難的時候，我本擬不再吃瓜子了。但拋棄了之後，覺得口中有一種非甜非鹹的香味，會引逗我再吃。我便不由地伸起手來，另選一粒，再送交白齒去咬。不幸而這瓜子太燥，我的用力又太猛，「格」地一響，玉石不分，咬成了無數的碎塊，事體就更糟了。我只得把黏着唾液的碎塊盡行吐出在手心裏，用心挑選，剔去殼的碎塊，然後用舌尖舐食瓜仁的碎塊。然而這挑選頗不容易，因為殼的碎塊的一面也是白色的，與瓜仁無異，我誤認為全是瓜仁而舐進口中去嚼，其味雖非嚼蠟，卻等於嚼砂。殼的碎片緊緊地嵌進牙齒縫裏，找不到牙籤就無法取出。碰到這種釘子的時候，我就下個決心，從此戒絕瓜子。戒絕之法，大抵是喝一口茶來漱一漱口，點起一枝香煙，或者把瓜子盆推開些，把身體換個方向坐了，以示不再對它發生關係。然而過了幾分鐘，與別人談了幾句話，不知不覺之間，會跟了別人而伸手向盆中摸瓜子來咬。等到自己覺察破戒的時候，往往是已經咬過好幾粒了。這樣，吃了非戒不可，戒了非吃不可；吃而復戒，戒而復吃，我為它受盡苦痛。這使我現在想起了瓜子覺得害怕。

　　但我看別人，精通此技的很多。我以為中國人的三種博士才能中，咬瓜子的才能最可欽佩。常見閒散的少爺們，一隻手指間夾着一枝香煙，一隻手握着一把瓜子，且吸且咬，且咬且吃，且吃且談，且談且笑。從容自由，真是「交關寫意」！他們不須揀選瓜子，也不須用手指去剝。一粒瓜子塞進了口裏，只消「格」地一咬，「呸」地一吐，早已把所有的殼吐出，而在那裏嚼食瓜子的肉了。那嘴巴真像一具精巧靈敏的機器，不絕地塞進瓜子去，不絕地「格」，「呸」，「格」，「呸」，……全不費力，可以永無罷休。女人

們、小姐們的咬瓜子，態度尤加來得美妙；她們用蘭花似的手指摘住瓜子的圓端，把瓜子垂直地塞在門牙中間，而用門牙去咬它的尖端。「的，的」兩響，兩瓣殼的尖頭便向左右綻裂。然後那手敏捷地轉個方向，同時頭也幫着了微微地一側，使瓜子水平地放在門牙口，用上下兩門牙把兩瓣殼分別撥開，咬住了瓜子肉的尖端而抽它出來吃。這吃法不但「的，的」的聲音清脆可聽，那手和頭的轉側的姿勢窈窕得很，有些兒嫵媚動人。連丟去的瓜子殼也模樣姣好，有如朵朵蘭花。由此看來，咬瓜子是中國少爺們的專長，而尤其是中國小姐、太太們的拿手戲。

在酒席上、茶樓上，我看見過無數咬瓜子的聖手。近來瓜子大王暢銷，我國的小孩子們也都學會了咬瓜子的絕技。我的技術，在國內不如小孩子們遠甚，只能在外國人面前佔勝。記得從前我在赴橫濱的輪船中，與一個日本人同艙。偶檢行篋，發見親友所贈的一罐瓜子。旅途寂寥，我就打開來和日本人共吃。這是他平生沒有吃過的東西，他覺得非常珍奇。在這時候，我便老實不客氣地裝出內行的模樣，把吃法教導他，並且示範地吃給他看。托祖國的福，這示範沒有失敗。但看那日本人的練習，真是可憐的很！他如法將瓜子塞進口中，「格」地一咬，然而咬時不得其法，將唾液把瓜子的外殼全部浸濕，拿在手裏剝的時候，滑來滑去，無從下手，終於滑落在地上，無處尋找了。他空咽一口唾液，再選一粒來咬。這回他剝時非常小心，把咬碎了的瓜子陳列在艙中的食桌上，俯伏了頭，細細地剝，好像修理鐘錶的樣子。約莫一二分鐘之後，好容易剝得了些瓜仁的碎片，鄭重地塞進口裏去吃。我問他滋味如何，他點點頭連稱 umai，umai！（好吃，好吃！）我不禁笑了出來。我看他那闊大的嘴裏放進一些瓜仁的碎屑，猶如滄海中投以一粟，虧他辨出

umai 的滋味來。但我的笑不僅為這點滑稽，本由於驕矜自誇的心理。我想，這畢竟是中國人獨得的技術，像我這樣對於此道最拙劣的人，也能在外國人面前佔勝，何況國內無數精通此道的少爺、小姐們呢？

發明吃瓜子的人，真是一個了不起的天才！這是一種最有效的「消閒」法。要「消磨歲月」，除了抽鴉片以外，沒有比吃瓜子更好的方法了。其所以最有效者，為了它具備三個條件：一、吃不厭；二、吃不飽；三、要剝殼。

俗語形容瓜子吃不厭，叫做「勿完勿歇」。為了它有一種非甜非鹹的香味，能引逗人不斷地要吃。想再吃一粒不吃了，但是嚼完吞下之後，口中餘香不絕，不由你不再伸手向盆中或紙包裏去摸。我們吃東西，凡一味甜的，或一味鹹的，往往易於吃厭。只有非甜非鹹的，可以久吃不厭。瓜子的百吃不厭，便是為此。有一位老於應酬的朋友告訴我一段吃瓜子的趣話：說他已養成了見瓜子就吃的習慣。有一次同了朋友到戲館裏看戲，坐定之後，看見茶壺的旁邊放着一包打開的瓜子，便隨手向包裏掏取幾粒，一面咬着，一面看戲。咬完了再取，取了再咬。如是數次，發見鄰席的不相識的觀劇者也來掏取，方才想起了這包瓜子的所有權。低聲問他的朋友：「這包瓜子是你買來的麼？」那朋友說「不」，他才知道剛才是擅吃了人家的東西，便向鄰座的人道歉。鄰座的人很漂亮，付之一笑，索性正式地把瓜子請客了。由此可知瓜子這樣東西，對中國人有非常的吸引力，不管三七二十一，見了瓜子就吃。

俗語形容瓜子吃不飽，叫做「吃三日三夜，長個屎尖頭。」因為這東西分量微小，無論如何也吃不飽，連吃三日三夜，也不過多

排泄一粒屎尖頭。為消閒計，這是很重要的一個條件。倘分量大了，一吃就飽，時間就無法消磨。這與賑饑的糧食目的完全相反。賑饑的糧食求其吃得飽，消閒的糧食求其吃不飽。最好只嘗滋味而不吞物質。最好愈吃愈餓，像羅馬亡國之前所流行的「吐劑」一樣，則開筵大嚼，醉飽之後，咬一下瓜子可以再來開筵大嚼。一直把時間消磨下去。

要剝殼也是消閒食品的一個必要條件。倘沒有殼，吃起來太便當，容易飽，時間就不能多多消磨了。一定要剝，而且剝的技術要有聲有色，使它不像一種苦工，而像一種遊戲，方才適合於有閒階級的生活，可讓他們愉快地把時間消磨下去。

具足以上三個利於消磨時間的條件的，在世間一切食物之中，想來想去，只有瓜子。所以我說發明吃瓜子的人是了不起的天才。而能盡量地享用瓜子的中國人，在消閒一道上，真是了不起的積極的實行家！試看糖食店、南貨店裏的瓜子的暢銷，試看茶樓、酒店、家庭中滿地的瓜子殼，便可想見中國人在「格，呸」、「的，的」的聲音中消磨去的時間，每年統計起來為數一定可驚。將來此道發展起來，恐怕是全中國也可消滅在「格，呸」、「的，的」的聲音中呢。

我本來見瓜子害怕，寫到這裏，覺得更加害怕了。

一九三四年四月二十日

（選自《緣緣堂隨筆集》，杭州：浙江文藝出版社，1983 年）

吃酒

豊子愷

　　酒，應該説飲，或喝。然而我們南方人都叫吃。古詩中有「吃茶」，那麼酒也不妨稱吃。說起吃酒，我忘不了下述幾種情境：

　　二十多歲時，我在日本結識了一個留學生，崇明人黃涵秋。此人愛吃酒，富有閒情逸致。我二人常常共飲。有一天風和日暖，我們乘小火車到江之島去遊玩。這島臨海的一面，有一片平地，芳草如茵，柳陰如蓋，中間設着許多矮榻，榻上鋪着紅氈毯，和環境作成強烈的對比。我們兩人踞坐一榻，就有束紅帶的女子來招待。「兩瓶正宗，兩個壺燒。」正宗是日本的黃酒，色香味都不亞於紹興酒。壺燒是這裏的名菜，日本名叫 tsuboyaki，是一種大螺螄，名叫榮螺（sazae），約有拳頭來大，殼上生許多刺，把刺修整一下，可以擺平，像三足鼎一樣。把這大螺螄燒殺，取出肉來切碎，再放進去，加入醬油等調味品，煮熟，就用這殼作為器皿，請客人吃。這器皿像一把壺，所以名為壺燒。其味甚鮮，確是侑酒佳品。用的筷子更佳：這雙筷用紙袋套好，紙袋上印着「消毒割箸」四個字，袋上又插着一個牙籤，預備吃過之後用的。從紙袋中拔出筷來，但見一半已割裂，一半還連接，讓客人自己去裂開來。這木頭是消毒過的，而且沒有人用過，所以用時心地非常快適。用後就丟棄，價廉並不可惜。我讚美這種筷，認為是世界上最進步的用品。西洋人用刀叉，太笨重，要洗過方能再用；中國人用竹筷，也是洗

過再用，很不衛生，即使是象牙筷也不衛生。日本人的消毒割箸，就同牙籤一樣，只用一次，真乃一大發明。他們還有一種牙刷，非常簡單，到處雜貨店發賣，價錢很便宜，也是只用一次就丟棄的。於此可見日本人很有小聰明。且説我和老黃在江之島吃壺燒酒，三杯入口，萬慮皆消。海鳥長鳴，天風振袖。但覺心曠神怡，彷彿身在仙境。老黃愛調笑，看見年青侍女，就和她搭訕，問年紀，問家鄉，引起她身世之感，使她掉下淚來。於是臨走多給小賬，約定何日重來。我們又彷彿身在小説中了。

又有一種情境，也忘不了。吃酒的對手還是老黃，地點卻在上海城隍廟裏。這裏有一家素菜館，叫做春風松月樓，百年老店，名聞遐邇。我和老黃都在上海當教師，每逢閒暇，便相約去吃素酒。我們的吃法很經濟：兩斤酒，兩碗「過澆麵」，一碗冬菇，一碗十景。所謂過澆，就是澆頭不澆在麵上，而另盛在碗裏，作為酒菜。等到酒吃好了，才要麵底子來當飯吃。人們叫別了，常喊作「過橋麵」。這裏的冬菇非常肥鮮，十景也非常入味。澆頭的分量不少，下酒之後，還有剩餘，可以澆在麵上。我們常常去吃，後來那堂倌熟悉了，看見我們進去，就叫「過橋客人來了，請坐請坐！」現在，老黃早已作古，這素菜館也改頭換面，不可復識了。

另有一種情境，則見於患難之中。那年日本侵略中國，石門灣淪陷，我們一家老幼九人逃到杭州，轉桐廬，在城外河頭上租屋而居。那屋主姓盛，兄弟四人。我們租住老三的屋子，隔壁就是老大，名叫寶函。他有一個孫子，名叫貞謙，約十七八歲，酷愛讀書，常常來向我請教問題，因此寶函也和我要好，常常邀我到他家去坐。這老翁年約六十多歲，身體很健康，常常坐在一隻小桌旁邊

的圓鼓凳上。我一到，他就請我坐在他對面的椅子上，站起身來，揭開鼓凳的蓋，拿出一把大酒壺來，在桌上的杯子裏滿滿地斟了兩盅；又向鼓凳裏摸出一把花生米來，就和我對酌。他的鼓凳裏裝着棉絮，酒壺裹在棉絮裏，可以保暖，斟出來的兩碗黃酒，熱氣騰騰。酒是自家釀的，色香味都上等。我們就用花生米下酒，一面閒談。談的大都是關於他的孫子貞謙的事。他只有這孫子，很疼愛他。說「這小人一天到晚望書，身體不好……」望書即看書，是桐廬土白。我用空話安慰他，騙他酒吃。騙得太多，不好意思，我準備後來報謝他。但我們住在河頭上不到一個月，杭州淪陷，我們匆匆離去，終於沒有報謝他的酒惠。現在，這老翁不知是否在世，貞謙已入中年，情況不得而知。

最後一種情境，見於杭州西湖之畔。那時我僦居在里西湖招賢寺隔壁的小平屋裏，對門就是孤山，所以朋友送我一副對聯，叫做「居鄰葛嶺招賢寺，門對孤山放鶴亭」。家居多暇，則閒坐在湖邊的石凳上，欣賞湖光山色。每見一中年男子，蹲在岸上，向湖邊垂釣。他釣的不是魚，而是蝦。釣鈎上裝一粒飯米，掛在岸石邊。一會兒拉起線來，就有很大的一隻蝦。其人把它關在一個瓶子裏。於是再裝上飯米，掛下去釣。釣得了三四隻大蝦，他就把瓶子藏入藤籃裏，起身走了。我問他：「何不再釣幾隻？」他笑着回答說：「下酒夠了。」我跟他去，見他走進岳墳旁邊的一家酒店裏，揀一座頭坐下了。我就在他旁邊的桌上坐下，叫酒保來一斤酒，一盆花生米。他也叫一斤酒，卻不叫菜，取出瓶子來，用釣絲縛住這三四隻蝦，拿到酒保燙酒的開水裏去一浸，不久取出，蝦已經變成紅色了。他向酒保要一小碟醬油，就用蝦下酒。我看他吃菜很省，一隻蝦要吃很久，由此可知此人是個酒徒。

此人常到我家門前的岸邊來釣蝦。我被他引起酒興，也常跟他到岳墳去吃酒。彼此相熟了，但不問姓名。我們都獨酌無伴，就相與交談。他知道我住在這裏，問我何不釣蝦。我說我不愛此物。他就向我勸誘，盡力宣揚蝦的滋味鮮美，營養豐富。又教我釣蝦的竅門。他說：「蝦這東西，愛躲在湖岸石邊。你倘到湖心去釣，是永遠釣不着的。這東西愛吃飯粒和蚯蚓。但蚯蚓齷齪，它吃了，你就吃它，等於你吃蚯蚓。所以我總用飯粒。你看，它現在死了，還抱着飯粒呢。」他提起一隻大蝦來給我看，我果然看見那蝦還抱着半粒飯。他繼續說：「這東西比魚好得多。魚，你釣了來，要剖，要洗，要用油鹽醬醋來燒，多少麻煩。這蝦就便當得多：只要到開水裏一煮，就好吃了。不須花錢，而且新鮮得很。」他這釣蝦論講得頭頭是道，我真心讚歎。

　　這釣蝦人常來我家門前釣蝦，我也好幾次跟他到岳墳吃酒，彼此熟識了，然而不曾通過姓名。有一次，夏天，我帶了扇子去吃酒。他借看我的扇子，看到了我的名字，吃驚地叫道：「啊！我有眼不識泰山！」於是敍述他曾經讀過我的隨筆和漫畫，說了許多仰慕的話。我也請教他姓名，知道他姓朱，名字現已忘記，是在湖濱旅館門口擺刻字攤的。下午收了攤，常到里西湖來釣蝦吃酒。此人自得其樂，甚可讚佩。可惜不久我就離開杭州，遠遊他方，不再遇見這釣蝦的酒徒了。

　　寫這篇瑣記時，我久病初癒，酒戒又開。回想上述情景，酒興頓添。正是「昔年多病厭芳樽，今日芳樽唯恐淺」。

一九七二年

（選自《緣緣堂隨筆集》，杭州：浙江文藝出版社，1983 年）

辣椒
甕牖剩墨之七

王力

　　辣椒作為食品，不知起於何時。只聽說孔子不撤薑食，卻不曾說他吃辣椒。楚辭中「椒」字最多，《離騷》中有「雜申椒與菌桂兮」，有「懷椒醑而要之」，《九歌》中有「奠桂酒兮椒漿」。祭神的東西也該是人吃的東西，恰巧屈原又是湖南人，若說他吃辣椒，是可以說得通的。但是，依考據家的說法，《詩經》所謂「椒聊之實」，《離騷》所謂「申椒」，「椒醑」，「椒漿」，《荊楚歲時記》所謂「椒酒」，都只是花椒，不是辣椒。由此看來，中國吃辣椒的習慣並不是自古而然的。

　　辣椒又名番椒，也許是來自西番。清代稱川甘雲貴等省邊境的民族為番戶；也許辣椒是由番戶傳入漢族的，但不一定晚到清代。依現在看來，喜歡辣椒的人多半是四川雲南貴州湖南的住民，這一個假說似乎可以成立。然而咱們也不能全靠望文生義來做考證；譬如胡椒又何嘗是來自匈奴的呢？我們希望旅行家幫助我們解決這個問題：如果阿剌伯、伊朗、阿富汗、印度各處都有吃辣椒的風俗，那麼，「辣椒西來說」更可以確信無疑了。

　　可惜得很，咱們不知道發見辣椒的故事。據說咖啡是這樣被發見的：從前亞比西尼亞有一個牧羊人，他看見他的羊群忽然精神興奮，大跳大跑。他仔細研究原因，才知道它們嚙食了某一種樹的葉

子和果實，以致如此。他採了些果實回家煎湯吃下去，果然他自己也精神興奮起來。吃上了癮，就常常煎來吃。後來人們把製法改良了，就成為今日的咖啡。至於辣椒，它是怎樣被發見的呢？神農嘗百草的時候一定沒有遇見它；否則他不會放過了這種佐食的珍品，以致孔夫子只好吃薑。不過，批駁我的人也可以說：神農嘗百草為的是覓藥治病，並不想要發見好吃的東西。他很明白「良藥苦口利於病」的道理，辣椒既然不苦，他自然不收它了。

辣椒的功用，據說是去濕氣，助消化，除胃病。我不懂藥性，但我猜想它助消化的能力，並不輸給胡椒。凡物有幸有不幸，胡椒和辣椒亦復如是。從前有些荷蘭人和葡萄牙人知道胡椒是好東西，就視為秘種，在南洋偷種着，把它磨成粉末，帶到歐洲賣大價錢。至今法國還有一句俗語，形容物價太高就說「像胡椒一樣貴」！後來到了十八世紀有個法國人名叫丕耶爾・浦華佛爾的，他想法子得到了些胡椒種子，才把它公開了。所以法國人就把胡椒叫做「浦華佛爾」。現在西餐席上，胡椒瓶和鹽瓶並列，西洋人認為「不可一日無此君」，至於辣椒呢，在西洋的菜場上雖偶然可以買到，但是歐洲人是不喜歡吃的。他們看見中國人吃還搖頭呢！因此我們希望中國研究藥性的科學家細心研究辣椒的功用，如果它真能去濕氣，助消化，除胃病，就不妨把它鄭重地介紹給西洋人。咱們也不希望留秘種，也不希望把大量的辣椒粉作為主要出產品，運到歐洲去賣大價錢；不過，至少得讓西洋人知道中國人會吃好東西！

但是，在未向西洋人宣傳以前，川滇黔湘的人應先向江浙閩粵及華北的人去宣傳。川滇人把辣椒稱為「辣子」，有親之之意；江浙人叫它做「辣貨」，則有遠之之意。「辣貨」不是比「潑辣貨」只差一個字嗎？至於閩粵各地，更有些地方完全不懂辣椒的好處

的。據説廣東的廉江遂溪一帶，市面上沒有辣椒賣，外省人到那裏住的愛吃辣椒時，只好到荒地上找尋野生的辣椒。可見辣椒在中國也盡有發展的園地。只要西南的人肯努力宣傳，「口之於味有同嗜焉」[1]，我相信不久的將來，辣椒將成為全國的好友。據我所知，有幾位素來不吃辣椒的太太，在長沙住了兩三個月，居然吃起辣椒來；現在竟是相依為命，成為非椒不飽的人了。

在鄉間住了一年多，更懂得辣椒的寶貴。貧窮的人家，辣椒算是最能下飯的好菜。人類是需要刺激的。大都市的人們從電影院和跳舞場中找刺激；鄉下人沒有這些。除了旱煙和燒酒之外，就只有辣椒能給他們以刺激了。辛苦了一天之後，「持椒把酒」，那一副怡然自得的神氣，竟和騷人墨客的「持螯把酒」差不多。

辣椒之動人，在激，不在誘。而且它激得兇，一進口就像刺入了你的舌頭，不像咖啡的慢性刺激。只覓這一點説，它已經具有「剛者」之強。湖南人之喜歡革命，有人歸功於辣椒。依這種説法，現在西南各省支持抗戰，不屈服，不妥協，自然更是受了辣椒的剛者之德的感召了。向來不喜歡辣椒的我，在辣椒之鄉住了幾年，頗有同化的傾向。近來新染胃病，更想一試良藥。再者，最廉價的香煙每盒的價錢已經超過我每日的收入之半數，我在戒煙之後，很想找出一種最便宜而又最富於刺激性的替代品。因此，我現在已經下決心了和椒兄訂交了。

一九四二年冬《中央周刊》

（選自《龍蟲並雕齋瑣語》，北京：中國社會科學出版社，1982 年）

---

1. 語見《孟子・告子上》。

奇特的食物
甕牖剩墨之十

王力

　　我常常像小孩般發出一個疑問：人類的食品為什麼大致相同？是各民族不約而同地各自發現的呢，還是由甲地傳入乙地，逐漸傳遍全世界的呢？像米、胡椒、芥末之類，自然是從東方傳入歐洲的，但是，牛羊雞豬以及麥類等，又是誰傳給誰的呢？

　　不過，從反面說，不相同的食品也不少。甲民族所不吃的東西，如果乙民族吃它，就被認為一種奇特的風俗。實際上，凡不含毒素的東西都可以作為食品。然而人們卻不能這樣客觀，總覺得我們所認為不能吃，甚至令人作嘔或可怕的東西，而你們居然吃了，實在是一件不可思議的事情。成見深些的人，會因此就把野蠻民族的頭銜輕輕地加在別人的身上！當法國人笑咱們中國人吃「燕子窩」的時候，我並不耐煩和他們解釋一番大道理，我只回答他們說：「中國人雖吃燕子窩，卻不像你們吃蝸牛啊！」

　　吃鱉的風俗，中國上古就有了。鄭公子歸生因為吃不着大鱉，竟至於殺君。吃狗的風俗，中國上古也有了。《禮記》言「食犬」，《儀禮》言「烹狗」，這是多麼正經！《孟子》說：「雞豚狗彘之畜，無失其時，七十者可以食肉矣，」竟像是說七十歲才有吃狗肉的權利，這是多麼珍貴！《左傳》說「鄭伯使卒出豭，行出犬雞，以詛射潁考叔者」，則狗肉還可以祭鬼神呢！狗肉以作食品，始於何

時，固然難於考定。然而殷墟文字中已有「犬」字；誰也不敢斷言當時的狗只為畋獵之用，耕牛可供食品，獵犬何獨不然？吃狗肉的風俗直至漢代還未消滅，所以樊噲能以屠狗為業。其實，豬是世界上最髒的畜類，人們尚且吃它；狗肉又何嘗不可以吃？問題在乎當時的狗是否也吃人糞。我想是不吃的；等到它吃糞的時代，一般人就不吃它了。《史記正義》在「屠狗」下注云：「時人食狗，亦與羊豕同，故噲專屠以賣之。」可見唐代的人已經不吃狗肉。

除了鱉和狗之外，現代廣東人還吃貓、蛇、猴等物。其實這種奇異的食品是更僕難數的。龍虱、螞蚱之類，喜歡吃的人不願意把它們去換海參魚翅！廣西南部有一種當籬笆用的小樹名叫「籬固」，牧童們喜歡用刀剜取樹中的一種蛹，用油煎熟來飲酒。此外，黃蜂的蛹也是下酒的佳餚。

小孩的食品也有很奇特的。據說獸糞中的一種硬殼蟲是小孩的滋補品。如果小孩傷風咳嗽，用蜣螂去頭足，煎湯服之即癒。越南人對於小孩，喜歡給他吃壁蟢。據說也是滋補品。

成年人所吃的藥品，在中國也有極奇特的，中藥書上的人中黃、人中白、紫河車之類，非但嚇倒西洋人，連我們這一代的中國人恐怕也咽不下去。此外還有些藥書所未登錄的驗方，例如脖子內生瘰子筋的人，據說壁虎可治。其法係將活的壁虎送進喉嚨，注意使它的尾巴先進去。這種治病方法實在驚人，但只可惜壁虎的味道不能細細咀嚼了。

奇特的食品在吃慣了的人看來也並不奇特。但是，不知是否怕別處的人嗤笑，人們對於那些奇特的食品往往喜歡「錫以嘉名」。明明是鱉，偏叫他甲魚；明明是青蛙，偏叫它田雞；明明是甲殼蟲

之一種，偏叫它龍虱；明明是蛇和貓，偏叫它龍虎鬥；明明是狗肉，偏叫它香肉。藥品亦然，明明是胞衣，偏叫它紫河車。其實這也難怪，名稱對於心理的影響是很大的。冬筍是咱們所喜歡吃的東西，西洋人偏要說咱們吃的是「嫩竹」或「竹芽」，聽來未免有點兒刺耳。咱們的頂上官燕在他們的嘴裏變了「燕子窩」，連咱們中國人聽了這種名稱也要作三日嘔了。

大致說來，凡能刺激人的東西都是好的。湖南人的辣椒，廣東人的苦瓜，其妙處全在那辣和苦。最臭的東西也就是最香的。初到南洋的人，每吃「榴槤」（水果名）一次，必嘔吐一番。但是，如果你肯多吃幾次，則你之喜歡「榴槤」，將甚於楊貴妃之喜歡荔枝。「日啖榴槤三十顆，不妨長作南洋人」，華僑當中不乏作此想者。最令人作嘔的東西也就是最富於異味的。相傳蜀中某名士擅易牙之術[1]，一日宴客，自任烹調。眾客圍桌以待朵頤[2]之樂。忽見僕人把一隻馬桶端上桌來，主人跟着進來把桶蓋揭開，裏面珍錯雜陳。吃起來，其味百倍於常品，這主人就是善於利用人們的噁心的。

我們認為，每一個民族都有選擇他們的食品的自由。假使有某一地方的人奉耗子為珍饈，我們也並不覺得他們比吃兔肉的人更野蠻，更可鄙。但是，不反對人家雖是易事，和人家同化畢竟很難。十年前我被法國朋友強勸，吃了一個蝸牛，差點兒不曾嘔出來，至今猶有餘悔。我非但是中國人，而且家鄉距離專吃異味的廣東不到二十里，然而我生平對於田雞和甲魚，始終不敢稍一染指；鱔魚雖

---

1. 指烹調法。易牙是春秋時齊國人，善調味。
2. 指吃。朵，動；頤，腮。語見《周易‧頤》。

吃過幾次，總不免「於我心有戚戚焉」³；至於猢猻，長蟲，狸奴⁴ 和守門忠僕之流，更不是我所敢問津的了。——唉！人類幾時能免為成見的奴隸呢？

一九四二年春《中央周刊》

（選自《龍蟲並雕齋瑣語》，北京：中國社會科學出版社，1982 年）

---

3. 語見《孟子・梁惠王上》。原意是我心也有同感，這裏指由於害怕而有點心驚。戚戚，心動的樣子。
4. 狸奴，即貓。

煙

吳組緗

　　自從物價高漲，最先受到威脅的，在我，是吸煙。每日三餐，孩子們捧起碗來，向桌上一瞪眼，就撅起了小嘴巴，沒有肉吃。「爸爸每天吸一包煙，一包煙就是一斤多肉！」我分明聽見那些烏溜溜的眼睛這樣抱怨着。乾脆把煙戒了吧；但已往我有過多少次經驗的：十天半個月不吸，原很容易辦到，可是易戒難守，要想從此戒絕，我覺得比舊時代婦女守節難得多。活到今天，還要吃這個苦？心裏覺得不甘願。

　　我開始吸劣等煙捲，就是像瓷器口街頭製造的那等貨色，吸一口，喉管裏一陣辣，不停地咳嗆，口發澀，臉發紅，鼻子裏直冒火；有一等的一上嘴，捲紙就裂開了肚皮；有一等的叫他半天，不冒一絲煙星兒。我被折頓得心煩意躁，每天無緣無故要多發幾次不小的脾氣。

　　內人趕場回來，笑嘻嘻的對我說：「我買了個好的東西贈你，你試試行不行。」她為我買來一把竹子做的水煙袋，還有一包上等的水煙絲，那叫做麻油煙。我是鄉村裏長大的，最初吸煙，並且吸上了所謂癮，就正是這水煙。這是我的老朋友，它被我遺棄了大約二十年了。如今處此困境，看見它那副派頭，不禁勾起我種種舊情，我不能不感覺欣喜。於是約略配備起來，布拉布拉吸着，並且看着那繚繞的青煙，凝着神，想。

並非出於「酸葡萄」的心理，我是認真以為，要談濃厚的趣味，要談佳妙的情調，當然是吸這個水煙。這完全是一種生活的藝術，這是我們民族文化的結晶。

　　最先，你得會上水，稍微多上了一點，會喝一口辣湯；上少了，不會發出那舒暢的聲音，使你得着奇異的愉悦之感。其次，你得會裝煙絲，掐這麼一個小球球，不多不少，在拇指食指之間一團一揉，不輕不重；而後放入煙杯子，恰如其分的捺它一下——否則，你別想吸出煙來。接着，你要吹紙捻兒，「卜陀」一口，吹着了那點火星兒，百發百中，這比變戲法還要有趣。當然，這吹的工夫，和搓紙捻兒的藝術有着關係，那紙，必須裁得不寬不窄；搓時必須不緊不鬆。從這全部過程上，一個人可以發揮他的天才，並且從而表現他的個性和風格。有鬍子的老伯伯，慢騰騰的掐着煙絲，團着揉着，用他的拇指輕輕按進杯子，而後遲遲地吹着紙捻，吸出舒和的聲響：這就表現了一種神韻，淳厚，圓潤，老拙，有點像劉石庵的書法。年輕美貌的嬌子，拈起紙捻，微微掀開口，「甫得」，舌頭輕輕探出牙齒，或是低頭調整着紙捻的鬆緊，那手腕上的飾物顫動着：這風姿韻味自有一種穠纖柔媚之致，使你彷彿讀到一章南唐詞。風流儒雅的先生，漫不經意的裝着煙絲，或是閒閒的頓着紙捻上灰燼，而兩眼卻看着別處：這飄逸淡遠的境界，豈不是有些近乎倪雲林的山水。

　　關於全套煙具的整頓，除非那吸煙的是個孤老，總不必自己勞力。這類事，普通都是婢妾之流的功課；寒素一點的人家，也是由兒女小輩操理。講究的，煙袋裏盛的白糖水，吸出的煙就有甜雋之味；或者是甘草薄荷水，可以解熱清胃；其次則盛以米湯，簡陋

的才用白開水。煙袋必須每日一洗刷,三五日一次大打整。我所知道的,擦煙袋是用「瓦灰」。取兩片瓦,磨出灰粉,再過一次小紗篩,提取極細的細末;這可以把白銅煙袋擦得晶瑩雪亮,像一面哈哈鏡,照出扁臉闊嘴巴來,而不致擦損那上面的精緻鏤刻。此外,冬夏須有托套。夏天用劈得至精至細的竹絲或龍鬚草編成,以防手汗;冬天則用綢緞製的,或絲線織的,以免冰手。這種托套上面,都織着或繡着各種圖案:福字,壽字,長命富貴,吉祥如意,以及龍鳳牡丹,卍字不斷頭之類。托上至頸頭,還繫有絲帶,線繩,飾着田字結蝴蝶結和纓絡。這些都是家中女流的手工。密切關聯的一件事,就是搓紙捻兒,不但有粗細,鬆緊之不同,在尾端作結時,也有種種的辦法。不講究的隨手扭它一下,只要不散便算。考究的,疊得整齊利落,例如「公子帽」;或折得玲瓏美觀,比如「方勝」。在這尾結上,往往染上顏色,有喜慶的人家染紅,居喪在孝的人家染藍。這搓紙捻的表心紙也有講究。春三月間,庭園裏的珠蘭着花,每天早晨及時採集,勻整地鋪在噴濕的薄棉紙裏,一層層放到表心紙裏熨着,使香味浸透紙質。這種表心紙搓成紙捻兒,一經點燃,隨着裊裊的青煙散發極其淳雅淡素的幽香,拂人鼻官,留在齒頰,瀰漫而又飄忽,使你想見凌波仙子,空谷佳人。其次用玉蘭,茉莉。若用桂花,梔子花,那就顯得雅得有點俗氣。所有這一切配備料理的工作,是簡陋還是繁縟,村俗還是高雅,醜惡還是優美,寒傖還是華貴,粗劣還是工致,草率還是謹嚴,笨拙還是玲巧,等等:最可表現吸煙者的身分和一個人家的家風。賈母史太君若是吸水煙,拿出來的派頭一定和劉老老的不同:天長杜府杜少卿老爺家的煙袋也一定和南京鮑庭璽家的不同,這不須說的。一位老先生,手裏托着一把整潔美致的煙袋,就說明他的婢僕不怠惰,他

的兒女媳婦勤慎，聰明，孝順，他是個有家教，有福氣的人。又如到人家作客，遞來一把煙袋，杯子裏煙垢滯塞，托把上煙末狼藉，這總是敗落的門戶；一個人家拖出一個紙捻，粗壯如手指，鬆散如王媽媽裹腳布，這往往是懶惰不愛好沒教養混日子的人家。

吸水煙，顯然的，是一種閒中之趣，是一種閒逸生活的消遣與享受。它的真正效用，並不在於吸出煙來過癮。終天辛苦的勞動者們忙裏偷閒，急着搶着，臉紅脖子粗的狼吞虎咽幾口，匆匆丟開，這總是為過癮。但這用的必是毛竹旱煙桿。水煙的妙用決不在此。比如上面說的那位老先生，他只須把他的那把潔淨美觀的煙袋托在手裏，他就具體的顯現了他的福氣，因此他可以成天的拿着煙袋，而未必吸一二口煙，紙捻燒完一根，他叫他的小孩兒再為他點一根；趁這時候，他可以摩一摩這孩兒的頭，拍拍孩兒的小下巴。在這當中，他享受到的該多麼豐富，多麼深厚！又比如一位有身家的先生，當他擎着煙袋，大腿架着二腿，安靜自在的坐着，慢條斯理的裝着煙絲，從容舒徐的吸個一口半口，這也就把他的閒逸之樂着上了顏色，使他格外鮮明的意識到生之歡喜。

一個人要不是性情孤僻，或者有奇特的潔癖，他的煙袋總不會由他個人獨用。哥哥和老弟對坐談着家常，一把水煙袋遞過來又遞過去，他們的手足之情即因而愈見得深切。妯娌們避着公婆的眼，兩三個人躲在一起大膽偷吸幾袋，就彷彿同過患難，平日心中縱然有些芥蒂，也可化除得乾乾淨淨。親戚朋友們聚談，這個吸完，好好的再裝一袋，而後謹慎的抹一抹嘴頭，恭恭敬敬的遞給另一人；這人客氣的站起來，含笑接到手裏。這樣，一把煙袋從這個手遞到那個手，從這個嘴傳到那個嘴，於是益發顯得大家莊敬而有禮貌，

彼此的心益發密切無間，談話的空氣益發親熱和融和。同樣的，在別種場合，比如商店夥計同事們當晚間收了店，大家聚集在後廳擺一會龍門陣，也必須有一把煙袋相與傳遞，才能使笑聲格外響亮，興致格外濃厚；再如江湖旅客們投店歇夜，飯後洗了腳，帶着三分酒意，大家團坐着，夏天搖着扇子，冬天圍着幾塊炭火，也因店老闆一把水煙袋，而使得陌生的人們談鋒活潑，漸漸的肺腑相見，儼然成了最相知的老朋友。當然，在這些遞傳着吸煙的人們之中，免不得有患瘡疥肺癆和花柳病的；在他們客氣的用手或帕子抹一抹嘴頭遞過去時，那些手也許剛剛搔過腳丫，搔過癬疥，那帕子也許拭過汗擤過鼻涕；但是全不相干，誰也不會介意這些的，你知道我們中國講的原是精神文明。

洋派的抽煙捲兒有這些妙用，有這些趣味與情致麼？第一，它的制度過於簡單了便，出不了什麼花樣。你最多到市上買個象牙煙嘴自來取燈兒什麼的，但這多麼枯索而沒有意味；你從那些上面體味不到一點別人對於你的關切與用心，以及一點人情的溫暖。第二，你燃着一枝短小的煙捲在手，任你多大天才，也沒手腳可做，最巧的也不過耍點小聰明噴幾個煙圈兒，試想比起托着水煙袋的那番韻味與風趣，何其幼稚可笑！第三，你只能獨自個兒吸；要敬朋友煙，你只能打開煙盒，讓他自己另取一枝。若像某些中國人所做的，把一枝煙吸過幾口，又遞給別人，或是從別人嘴上取過來，銜到自己嘴裏，那叫旁人看着可真不順眼。如此，你和朋友敍晤，你吸你的，他吸他的，彼此之間表示一種意思，是他嫌惡你，你也嫌惡他，顯見出心的距離，精神的隔閡。你們縱是交誼很深，正談着知心的話，也好像在接洽事物，交涉條件或談判什麼買賣，看來沒有溫厚親貼的情感可言。

是的，精神文明，家長統治，家庭本位制度，閒散的藝術化生活，是我們這個古老農業民族生活文化的物質；我們從吸水煙的這件事上，已經看了出來。這和以西洋工業文化為背景的煙捲兒——它所表現的特性是：物質文明，個人或社會本位制度，緊張的力講效率的科學化生活，是全然不同的。

　　我不禁大大悲哀起來。因為我想到目前內在與外在的生活，已不能與吸水煙相協調。我自己必須勞動，唯勞動給我喜悅。可是，上講堂，伏案寫字，外出散步，固然不能托着水煙袋，即在讀書看報時，我也定會感覺很大的不便。而且，不幸我的腦子又不可抵拒地染上了一些西洋色彩，拿着水煙在手，我只意味到自己的醜，迂腐，老氣橫秋，我已不能領會玩味出什麼韻調和情致。至於同別人遞傳着煙袋，不生嫌惡之心，而享受或欣賞其中的溫情與風趣，那我更辦不到。再說，我有的只是個簡單的小家庭，既沒妾，也不能有婢。我的孩子平日在學校讀書，我的女人除為平價米去辦公而外，還得操作家事。他們不但不會，沒空，並且無心為我整備煙具，即在我自己，也不可能從這上面意識到感受到什麼快樂幸福，像從前那些老爺太太們所能的。若叫我親手來料理，我將不勝其忙而且煩。本是享樂的事，變成了苦役；那我倒寧願把煙戒絕，不受這個罪！

　　客觀形勢已成過去，必要的條件也不再存在，而我還帶着懷舊的欣喜之情，托着這把陋劣的，徒具形式的竹子煙袋吸着，我驟然發覺到：這簡直是一個極大的諷嘲！我有點毛骨悚然，連忙丟開了煙袋。

　　「不行，不行，我不吸這個。」

「為什麼？」

「為什麼？因為，因為我要在世界上立足，我要活！」我亂七八糟的答。

「那是怎麼講，你？」她吃驚地望着我。

「總而言之，我還是得抽煙捲兒，而且不要瓷器口的那等蹩腳貨！」

一九四四年九月二十四日

（選自《時與潮文藝》第 4 卷第 3 期，1944 年 11 月）

茶館

　　四川的茶館，實在是不平凡的地方。普通講到茶館，似乎並不覺得怎麼希奇，上海、蘇州、北京的中山公園⋯⋯就都有的。然而這些如果與四川的茶館相比，總不免有小巫之感。而且茶客的流品也很有區別。坐在北平中山公園的大槐樹下吃茶，總非雅人如錢玄同先生不可罷？我們很難想像短裝的朋友坐在精緻的藤椅子上品茗。蘇州的茶館呢，裏邊差不多全是手提鳥籠，頭戴瓜皮小帽的茶客，在豐子愷先生的漫畫中，就曾經出現過這種人物。總之，他們差不多全是有閒階級，以茶館為消閒遣日的所在的。四川則不然，在茶館裏可以找到社會上各色的人物。警察與挑夫同座，而隔壁則是西服革履的朋友。大學生借這裏做自修室，生意人借這兒做交易所，真是，其為用也，不亦大乎！

　　一路入蜀，在廣元開始看見了茶館，我在郊外等車，一個人泡了一碗茶坐在路邊的茶座上，對面是一片遠山，真是相看兩不厭，令人有些悠然意遠。後來入川愈深，茶館也愈來愈多。到成都，可以說是登峰造極了。成都有那麼多街，幾乎每條街都有兩三家茶樓，樓裏的人總是滿滿的。大些的茶樓如春熙路上玉帶橋邊的幾家，都可以坐上幾百人。開水茶壺飛來飛去，總有幾十把，熱鬧可想。這種宏大的規模，恐怕不是別的地方可比的。成都的茶樓除了規模的大而外，更還有別的可喜之處，這是與坐落的所在有關的。像薛濤井畔就有許多茶座，在參天的翠竹之下，夏天去坐一下，應

當是不壞的吧。吟詩樓上也有臨江的茶座，只可惜樓前的江水，頗不深廣，那一棵樹也瘦小得可憐，對岸更是些黑色的房子，大概是工廠之類，看了令人起一種局促之感，在這一點上，不及豁蒙樓遠矣。然而究竟地方是好的。如果稍稍運用一點懷古的聯想，也就頗有意思了。

武侯祠裏也有好幾處茶座。一進門的森森古柏下面有，進去套院的流水池邊的水閣上也有。這些地方還兼營菜飯，品茗之餘，又可小酌。實在也是值得流連的地方。

成都城裏的少城公園的一家茶座，以用薛濤井水作號召，說是如果有人嘗出並非薛濤井水者當獎洋若干元云。這件事可以看出成都人的風雅，真有如那一句話，有些雅得俗起來了。其實薛濤井水以造箋有名，不聽見説可以煮得好茶。從這裏就又可以悟出中國的世情，只要有名，便無論什麼都變成了好的。只要看街上的匾額，並不都是名書家所題，就可以得知此中消息了。

大些的茶樓總還有着清唱或説書，使茶客在品茗之餘可以消遣。不過這些地方，我都不曾光顧過。另有一種更為原始的茶館附屬品，則是「講格言」。這次經過劍閣時，在那一條山間狹狹的古道中，古老的茶樓裏看見一個人在講演，茶客也並不去注意地聽。後來知道這算是慈善事業的一種，由當地的善士出錢僱來講給一班人聽，以正風俗的。

這風俗恐怕只在深山僻壤還有留存，繁華的地方大抵是沒有了的。那昏昏的燈火，茶客黯黑的臉色，無神的眼睛，講者遲鈍的聲音，與那古老的瓦屋，飛出飛入的蝙蝠所釀成的一種古味，使我至今未能忘記。

隨了驛運的發達、公路的增修，在某些山崖水角，宜於給旅人休息一下、打尖的地方，都造起了新的茶館。在過了劍閣不久，我們停在一個地方吃茶，同座的有司機等幾個人。那個老闆娘，胖胖的，一臉福相，穿得齊齊整整，坐下來和我們攀談起來。一開頭，就關照灶上，說茶錢不用收了。這使我們擾了她一碗茶。後來慢慢地談到我們的車子是燒酒精的，現在酒精多少錢一加侖，和從此到梓潼還得翻幾個大山坡，需要再添燃料了。最後就說到她還藏有幾桶酒精，很願意讓給我們，價錢決不會比市價高。司機回覆說燃料在後面的車子裏還有，暫時等一下再說。那位老闆娘話頭不對就轉過去指着她新起的房子，還在塗泥上灰的，給我們看了。她很得意地說着地基買得便宜，連工料一起不過用了五萬元，而現在就要值到十萬元左右了。

　　到重慶後，定居在揚子江濱，地方荒僻得很，住的地方左近有一家茶館，榜曰「鳳凰樓」，這就頗使我喜歡。這家「鳳凰樓」只有一大間木頭搭成的樓，旁邊還分出一部分來算是藥房。出賣草藥和一些八卦丹、萬金油之類的「洋藥」。因為無處可去，我們整天一大半消磨在那裏，就算是我們工作的地方，所以對於裏邊的情形相當熟習。老闆弟兄三人。除老闆管理茶館事務外，老二是郎中，專管給求醫者開方，老三則司取藥之責。所以這一家人也很可以代表四川茶館的另一種形式。

　　我很喜歡這茶館，無事時泡一杯「菊花」坐上一兩個鐘頭，再要點糖漬核桃仁來嚼嚼，也頗有意思。裏邊還有一個套閣，小小的，捲起竹簾就可以遠望對江的風物，看那長江真像一條帶子。尤其是在煙雨迷離的時候，白霧橫江，遠山也都看不清楚了。霧鬢雲

鬟，使我想起了古時候的美人。有時深夜我們還在那裏，夜風吹來，使如豆的燈光搖搖不定。這時「么師」（茶房）就輕輕的吹起了簫，聲音極低，有幾次使我弄不清楚這聲音起自何方，後來才發現了坐在灶後面的么師，像幽靈一樣地玩弄着短短的簫，那悲哀的聲音，就從那裏飄起來。

有時朋友們也在鳳凰樓裏打打 Bridge[1]，我不會這個，只是看看罷了。不過近來樓裏貼起了「敬告來賓，嚴禁娛樂，如有違反，與主無涉」的告白以後，就沒有人再去「娛樂」了，都改為「擺龍門陣」。這座茶樓雖小，可實在是並不寂寞的。

（選自《過去的足跡》，北京：人民文學出版社，1984 年）

---

1. Bridge 即指橋牌。

止酒篇

宋雲彬

　　如所周知（我開頭就用這樣時髦的文句，其目的在使這篇成為「人民的雜文」即「通俗的雜文」，但受封建文藝之毒已深，寫來無非是「迂迴曲折隱晦調子」，這也是無可奈何之事，且不去管他，寫下去再說），陶淵明先生是喜歡喝酒的。他寫詩常常用「酒」字做題目，像《飲酒》、《述酒》、《止酒》。就題目而論，「飲酒」平淡無奇，「述酒」隱晦而且費解，只有「止酒」最富有詩意，而且非常「通俗」──止者停止也，這意思到今天大家還一目了然，不至於看不懂。他不說「戒酒」而說「止酒」，是大有深意存焉的。一個人如果喝酒喝到非「戒」不可的程度，那他早已違反了喝酒的本意，酒對於他變成戕賊身體的毒藥了。淵明先生喝的是糯米酒，甜咪咪的，所含酒精成分不多，不會慢性中毒，原不需要「戒」。大概他覺得一天到晚醉醺醺，沒有多大意思；而且「家貧，不能常得（酒）」，雖然「親友知其如此，或置酒而招之」，但不見得天天有人請客；加以一到熱天，他的腳氣病就發作，潰爛到不能走路，要門生抬來抬去，非常不方便，這樣，他就不得不「止酒」了。淵明先生的作風是坦白，真率和自然，他不會有什麼做作的。

　　我也是喜歡喝酒的──且慢，這句話說來頗為肉麻，多像我在自比陶淵明，說不定會引起讀者反感，先得聲明幾句才好。

不知為什麼，我從小就愛喝酒。據說在十歲那一年，吃年夜飯，我背着母親偷喝了幾杯酒，喝得酩酊大醉。那時候我還沒有知道陶淵明，連陶淵明三個字也許還沒有完全認識，因為在《百家姓》裏可以認識「陶」字，在「大學之道在明明德」裏可以認識「明」字，而「淵」字就不見得一定認識了。所以我的會喝酒，愛喝酒，也許是出於天性或遺傳（我的父母都是愛喝酒的），決非為了表示風雅，或高攀古人。

　　我的喝酒，也決不是什麼借酒澆愁。我也經過所謂青年煩悶時代，但沒有企圖用酒來解決煩悶。我也不曾有過厭世或悲觀等等，而企圖借喝酒來作慢性自殺——本來單靠喝酒作慢性自殺是不大有效的，所以信陵君要自殺，必須在「醇酒」之外再加上「婦人」。總之，我的喝酒，完全是一種愛好，並無其他目的。

　　我發見了酒的好處。我覺得人的真性情最不易流露，人與人之間總免不了有一套虛偽（這當然跟社會制度有關，這裏且不詳述）。但只要三杯酒落肚——文言之，則曰「酒酣以往」，就什麼話都會說出來，什麼事都會做出來，無有恐怖，無所顧忌，人的真性情，只有在這樣的境界中會流露。魯迅說：「世上如果還有真要活下去的人們，就先該敢說，敢笑，敢哭，敢怒，敢罵，敢打……」然而像這樣的人，恐怕只有喝酒的朋友中間最容易找到。陶淵明一生亮節慷慨，率性而行，我想大部分是得力於喝酒的。

　　但我也發見了酒的壞處。「國醫」曰：酒能活血。「西醫」反對「國醫」的說法，則曰：酒能傷肺。「國醫」的話固然模糊影響，「西醫」的話也沒有說中酒的真正壞處。佛徒把飲酒列為五戒之一，以其能亂性也。這種禁慾主義我根本不贊成，而且把亂性歸罪於酒，

也不大公平。但是，酒的壞處是有的，並且很多，首先我覺得靠酒來談交道，籠絡朋友，不僅靠不住，而且流弊很大。在這個鬥爭十分尖銳的社會裏，敵友之分，是應該搞清楚的。如果仗三杯老酒的刺激，忽然引敵人為知己，披肝瀝膽，無話不談，那其結果將是不堪設想的。尤其是搞政治的朋友，有保留多少秘密的必要，在特務多如臭蟲的今天，如果酒酣以往，大笑大哭大罵之後，拉了一個特務來傾吐一番真情，那還了得！──一喝酒成千古恨，他自己「再回頭已百年身」還是小事，革命大業也許會因此而受到阻礙。在陶淵明時代，還可以說「但恨多謬誤，君當恕醉人」，現在的敵人，會因為你是喝醉了酒而寬恕你嗎？我的朋友宣中華，在二十年前，正當浙江「清黨」的前夜，他是省政府的重要負責人，有一天晚上風聲很緊，他出席一個緊急會議，可是他已經喝多了酒，不能作縝密的思考，大概這個會也就開得不很圓滿，過了十多年（那時候中華早已成仁，墓有宿草了），褚慧僧（輔成）先生同我談起，還是慨歎地說：「那晚中華為什麼竟喝多了酒呢！」即此一例，可見喝酒是容易誤大事。而況仗酒力來壯膽氣，也不過是一時的，酒性發作時，固然敢說，敢笑，敢哭，敢怒，敢罵，敢打，等到酒性一過，便垂頭喪氣，要說「但恨多謬誤，君當恕醉人」了。正像《聊齋誌異》裏的馬先生吃「丈夫再造丸」一樣，藥性一過，手腳都軟了。

　　我喝酒喝了幾十年，雖然沒有誤過大事（事實上「天」沒有「降大任」於我，我也不曾擔當過什麼大事），小事確是常常誤的。我的反對派（反對我喝酒）S君，說我一喝酒，說話漸多，倫次漸少，這當然也是事實。夫說話多而倫次少，雖多，亦奚以為？抑又甚焉者，平時討厭我多說話（這說話包括寫文章在內）的朋友們，

有時要批評或反駁我，而找不到理由或無所藉口，便說：「酒糊塗，由他去吧。」或者說：「君當恕醉人，何必和他齗齗爭辯呢！」這在他們，是一種新的精神勝利法，而對我卻是一種輕蔑，一種侮辱。這種輕蔑與侮辱，促起了我的反省。古語有之：「人必自侮，而後人侮之。」這話說的對。人必自己先喝酒，然後人家以「酒糊塗」的雅號送上來也。

由此觀之，酒是可喝而不可喝的。即就時代而論，現在也不是喝酒的時代。中國士大夫以飲酒著名的，首推晉朝的「竹林七賢」。竹林七賢的代表是阮籍。魯迅說，阮籍的飲酒，「不獨由於他的思想，大半倒在環境。其時司馬氏已想篡位，而阮籍名聲很大，所以他講話就極難，只好多飲酒，少講話，而且即使講話講錯了，也可以借醉得到別人的原諒。只要看有一次司馬昭求和阮籍結親，而阮籍一醉就是兩個月，沒有提出的機會，就可以知道了。」現在和阮籍時代是不同了。現在的知識分子，正應該多講話。如果沉湎於酒，借飲酒來逃避現實，縱非反動，也不免於落伍。就我個人而論，雖不敢妄自誇大，以為應該多講話，少喝酒，但也未敢自暴自棄，甘心做一個「酒糊塗」。而況我沒有覺得「去日苦多」，而非「對酒當歌」不可；也沒有悲觀消極到想自殺，而有叫人荷着鋤頭跟在後面，以便「死便埋我」的必要；更沒有顯貴要來和我結親，而非一醉兩月不可。我雖喝了多年的酒，生理上並未因慢性中毒而起什麼變化，停止飲酒，也不至於像淵明先生那樣的「暮止不安寢，晨止不能起」。那麼，我為什麼不趁這時候實行止酒，給那些背後叫我「酒糊塗」的朋友們一個大大的「沒趣」呢？

因此，我實行止酒了。不過，我還要聲明：止酒與戒酒有別，戒必戒絕，止則停止每天的例酒而已。如果偶然逢到可以喝幾杯的場合，我還是要喝幾杯的。

　　　　　　　　　一九四八年五月九日，日有食之，既，於香港。

　　　　　　　　　（選自《宋雲彬雜文集》，北京：三聯書店，1985 年）

吃粥有感

孫犁

我好喝棒子麵粥，幾乎長年不斷，晚上多煮一些，第二天早晨，還可以吃一頓。秋後，如果再加些菜葉、紅薯、胡蘿蔔什麼的，就更好吃了。冬天坐在暖炕上，兩手捧碗，縮脖而啜之，確實像鄭板橋說的，是人生一大享受。

有人向我介紹，胡蘿蔔營養價值很高，它所含的維生素，較之名貴的人參，只差一種，而它卻比人參多一種胡蘿蔔素。我想，如果不是人們一向把它當成菜蔬食用，而是炮製成為藥物，加以裝潢，其功效一定可以與人參旗鼓相當。

是一九四二年的冬天吧，日寇又對晉察冀邊區進行「掃蕩」，我們照例是化整為零，和敵人周旋。我記得我和詩人曼晴是一個小組，一同活動。曼晴的詩樸素自然，我曾寫短文介紹過了。他的為人，和他那詩一樣，另外多一種對人誠實的熱情。那時以熱情著稱的青年詩人很有幾個，陳布洛是最突出的一個，很久見不到他的名字了。

我和曼晴都在邊區文協工作，出來打游擊，每人只發兩枚手榴彈。我們的武器就是筆，和手榴彈一同掛在腰上的，還有一瓶藍墨水。我們都負有給報社寫戰鬥通訊的任務。我們也算老游擊戰士了，兩個人合計了一下，先轉到敵人的外圍去吧。

天氣已經很冷了。山路凍冰，很滑。樹上壓着厚霜，屋簷上掛着冰柱，山泉小溪都凍結了。好在我們已經發了棉衣，穿在身上了。

　　一路上，老鄉也都轉移了。第一夜，我們兩個宿在一處背靜山坳欄羊的圈裏，背靠着破木柵板，並身坐在羊糞上，只能避避夜來寒風，實在睡不着覺的。後來，曼晴就用《羊圈》這個題目，寫了一首詩。我知道，就當寒風刺骨、幾乎是露宿的情況下，曼晴也沒有停止他的詩的構思。

　　第二天晚上，我們游擊到了一個高山坡上的小村莊，村裏也沒人，門子都開着。我們摸到一家炕上，雖說沒有飯吃，卻好好睡了一夜。

　　清早，我剛剛脫下用破軍裝改製成的褲衩，想捉捉裏面的群蝨，敵人的飛機就來了。小村莊下面是一條大山溝，河灘裏橫倒豎臥都是大頑石，我們跑下山，隱蔽在大石下面。飛機沿着山溝上空，來回轟炸。欺侮我們沒有高射武器，它飛得那樣低，好像擦着小村莊的屋頂和樹木。事後傳說，敵人從飛機的窗口，抓走了坐在炕上的一個小女孩。我把這一情節，寫進一篇題為《冬天，戰鬥的外圍》的通訊，編輯刻舟求劍，給我改得啼笑皆非。

　　飛機走了以後，太陽已經很高。我在河灘上捉完褲衩裏的蝨子，肚子已經轆轆地叫了。

　　兩個人勉強爬上山坡，發現了一小片胡蘿蔔地。因為戰事，還沒有收穫。地已經凍了，我和曼晴用木棍掘取了幾個胡蘿蔔，用手擦擦泥土，蹲在山坡上，大嚼起來。事隔四十年，香美甜脆，還好像遺留在唇齒之間。

今晚喝着胡蘿蔔棒子麵粥，忽然想到此事。即興寫出，想寄給自從一九六六年以來，就沒有見過面的曼晴。聽說他這些年是很吃了一些苦頭的。

一九七八年十二月二十日夜

（選自《孫犁散文選》，北京：人民文學出版社，1984 年）

十載茶齡

邵燕祥

　　我於喝茶很是外行，不懂得品高低、咂滋味。佩服南方人用小盅品功夫茶的情趣，卻自愧不能。冬天沒有「寒夜客來茶當酒」那份情趣，到了三伏天，暑熱中更常常做「牛飲」，只有街頭喝「大碗茶」的水平。這兩年來往的頗有些斯文中人，有時不免表示驚異。

　　說穿了毫不奇怪。

　　吃喝兩字，喝自然指的是酒。我偶爾沾唇，沒有酒量也沒有酒癮。老北京也講究喝茶，可我喝茶才不過十年光景。

　　我小時候時常積食，直到上了小學，每到星期天一早起牀，父母就先讓我喝一碗「瀉葉」。瀉葉的療效大約還是不錯的，緩瀉通便，清熱去火。然而其味苦澀。後來見到苦茶，就想到瀉葉，渴不思茶，是有來由的。

　　「少年十五二十時」，步入社會，那時對「上午皮包水（品茶），下午水包皮（洗澡）」的有閒生活方式自然嗤之以鼻。隨後還沒來得及習學風雅，就不知怎麼一頭栽進泥淖。一肩行李去接受「改造」，所帶茶缸子云云，只是刷牙漱口以至舀飯盛湯之具，並不真的用以喝茶。

　　麥收時節，赤日炎炎，埋頭揮汗，懂得了什麼是汗如雨下的同時，也懂得了什麼叫嗓子眼冒煙。形勢所迫，就伏身附近的死水坑

邊，用手撥開凝聚漂浮的污物，一閉眼，咕咚咕咚把那水喝下肚裏去。地在滄縣姜莊子，六三年大水後滄桑變化，那死水坑自亦不存。

還有連死水坑都沒有的連片大田，渴得難耐時，就想起冰棍、冰激凌、奶酪之類，倒並不曾想到熱茶。但是旋即反省：這是因為「享受」過冰棍、冰激凌、奶酪，才在這錯誤的時間、錯誤的地方作此錯誤的非非之想。如果從未啜食過冷飲，豈不「心靜自然涼」了嗎？

這種「不見可慾」，寡慾以清心的思想，長期支配我成為適應物質和精神雙重匱乏的良方。那時宣傳節約糧食有一聯對句：「常將有日思無日，莫到無時思有時。」我就常常準備着陷入更艱難的處境。中國之大，什麼地方我輩不可能去？若是到了那個去處，你需求的恰恰沒有，或是禁制、限量，豈不徒增苦惱？因此不但嗜好絕不可有，生活必需也要盡量偏低才好。

我無師自通的這點處世哲理，到了一九六六年得到一次驗證。那是八月下旬進入名為「政訓隊」的「全托」宿舍；相隔一牀就是侯寶林先生，他保持着多年的生活習慣，除了抽點好煙外，還手持用慣的茶杯（也許是保溫杯吧），泡上一杯——自然是好茶。這可招來了「階級鬥爭的弦」繃得格外緊的一位年輕「監督員」的斥罵。很難說我幸災樂禍，因為兔死狐悲，驚魂尚且未定；但是想到我既無煙茶之嗜，也就沒有戒絕或降格或可望而不可即之苦，靈魂深處還是有一點自以為得計的。

直到一九七五年冬，也就是距今十年前，生了一場重感冒。感謝醫生不見外，説你無非是內熱外感，內火太盛，平時經常喝點茶就好了。慚愧得很，人家風雅人是以茶當酒，世俗如我者卻是以茶

代藥，這樣開始每天喝起茶來的。在我們這裏不管怎麼說還是論年資的，於是我屈指也有了十載「茶齡」。平心而論，從去火的角度看，喝這十年茶當是不無功效的；而從品茗的角度看，由於向不鑽研，不用心，旁不及採時人的經驗，上不通於中古以來的經典，在「茶籍」上還屬一名白丁。

嗜好多是由年輕時養成的，年過半百，想再培養也難了。但願今後人們無論老少，都不必在像喝茶之類的問題上瞻前顧後，做「最壞」條件的思想準備。

喝茶十年了，謹以此向今後一切飲茶者祝福。

一九八五年十二月十三日

（選自《天津日報》，1986 年 3 月 4 日）

陝西小吃小識錄

賈平凹

序

　　世說，「南方人細緻，北方人粗糙」，而西北人粗之更甚。言語滯重，字多去聲，膳饌保持食物原色，輕糖重鹽，故男人少白臉，女人無細腰。此水土造化的緣故啊。今陝西省域，北有黃土高原，中是渭河平原，南為秦嶺山地，縱觀諸佳餚名點，大體以歷代宮廷、官邸和民間的菜點為主，輔以隱士、少數民族、市肆菜點演變組合而成，是北國統一風格中而有別存異。我出身鄉下，後玩墨弄筆落入文道，自然不可能出入豪華席面，品嘗高級膳食飲饌，幸喜的是近年來遍走區縣，所到各地，最惹人興致的，一則是收採民歌，二便是覓食小吃；民歌受用於耳，小吃受用於口，二者得之，山川走勢，流水脈絡更了然明白，地方風味，人情世俗更體察入微。於是，閒暇之間，施雕蟲小技，錄小識，意在替陝西小吃作不付廣告費的廣告，以白天下；亦為自己「望梅止渴」，重溫享受，泛涎水於口，逗引又一番滋味再上心頭是了。

羊肉泡

　　骨，羊骨，全羊骨，置清水鍋裏大火燉煮，兩時後起浮沫，撇之遺淨。放舊調料袋提味，下肉塊，換新調料袋加味。以肉板壓

實加蓋。後，武火燒溢，嘭嘭作響，再後，文火燉之，人可熄燈入睡。一覺醒來，滿屋醇香，起看肉爛湯濃，其色如奶。此羊肉製法。

十分之九麵粉，十分之一酵麵。摻合，搓勻，揉到。做饃胚二兩一個，若飥飥狀，飥邊起棱。下鏊烘烤，可悠悠溫酒，酒未熱，則開鏊，取之平放手心，在上騷騷，手心則感應發癢，此饃餅製法。

食客，出錢並非飯來張口，淨手掰饃，碎如峰（sá 頭的別名）。一是體驗手工藝之趣，二是會朋友談藝文敍家常拉生意，饃掰如何，大、小、粗、細，足可見食者性情；烹飪師按其饃形，分口湯、乾泡、水圍城、單走諸法烹製，且以饃定湯，以湯調料，武火急煮，適時裝碗。烹飪十年，身在操作室，便知每一進餐人音容相貌，妙絕比柳莊麻衣相師有過之而無不及。

西安五味巷有一翁，高壽七十。二十年前起，每日來餐一次，饃掰碎後等候烹飪，又買三饃掰碎，食過一碗，將掰碎的饃帶回。明日，將碎饃烹飪，又買新饃掰。如此反覆，不曾中斷。臨終，死於掰饃時，家人將碎饃放頭側入棺。

葫蘆頭

同於羊肉泡，異於羊肉泡，同者均為掰饃，異者一為羊肉，一為豬肉，豬肉又僅限於腸子。

史料載：孫思邈在長安一家專賣豬腸的小店吃「雜碎」，覺腸子腥味大，油膩多，問及店家，知製作不得法。隨告之竅道，留藥葫蘆於店家調味。從此，「雜碎」一改舊味，香氣四溢，顧客盈門。店家感激孫思邈，特將藥葫蘆高懸門首，漸漸，葫蘆頭取其名。

葫蘆頭三道製作工藝，處理腸、熬湯、渧飱。腸過十二次手續：按，捋，刮，翻，摘，回，再按，漂，再捋，又再捋，煮，晾，污腥油膩盡脫。熬湯必原骨砸碎，出骨油湯水乳白，下肥母雞一隻，大料花椒，八角，上元桂，大火小火湯濃而止。時將腸切「坡刀形」，五片六片即可，排列在掰好的饃塊上，滾湯澆，三四次，加熟豬油，味精，調料水。

南方人初見葫蘆頭，皆大駭，以為胃不可剋，勉強食之，頓覺鮮香，遂大嚼不要命。有廣東人在羊城仿法炮製，味則不及。

鄉俗：身弱氣柔人宜多食之，日久健壯。這恐怕是和藥王孫思邈有關吧。

岐山麵

岐山是一個縣，盛產麥，善吃麵條。有九字令：韌柔光，酸辣汪，煎稀香。韌柔光是指麵條之質，酸辣汪是指調料之質，煎稀香是指湯水之質。

岐山麵看似容易，而達到真味卻非一般人所能，市面上多有掛假招牌的，欲辨其真偽，一觀臊子爁法和麵條擀法便知。

臊子，豬肉，必帶皮切塊，碎而不粥。起鍋加油燒熱，投之，下薑末、調料麵煸炒。待水分乾後，將醋順鍋過烹入，沖冒白煙。以後醬油殺之，加水，煮。肉皮能掐時，放鹽，文火至肉爛舀出。擀麵，鹼合水，水合麵，揉搓成絮，成團，盤起回性。後再揉，後

再搓，反覆不已。爾後擀薄如紙，細切如線，滾水下鍋蓮花般轉，撈到碗裏一窩絲，澆臊子，只吃麵而不喝湯。

在岐山，以能擀長麵者為女人本事，否則視之家恥。娶媳婦的第二天上午，專門有一個擀麵的隆重儀式：客人上席後，新媳婦親自上案擀麵，以顯能耐。故女兒七歲起，娘便授其技藝，搭凳子在案前使擀杖。

醪糟

醪糟重在作醅。江米泡入淨水缸內，水量以淹沒米為度，夏泡八時，冬泡十二時。米心泡軟，水空乾，籠蒸半時，以涼水反覆沖澆，溫度降至三度以下，空水，散置案上拌糯粉，裝入缸內，上面拍平，用木棍在中間由上到底戳一個直徑約半寸的洞。後，蓋草墊，圍草圈，三天三夜後醅即成。

賣主多老翁，有特製小灶，特製銅鍋。拉動風箱，卜卜作響，一頭灰屑，聲聲叫賣。來客在灶前的細而長的條凳上坐了，說聲：「一碗醪糟，一顆蛋」。賣主便長聲重複：「一碗醪糟，一顆蛋──！」銅鍋裏添碗清水，放了糖精，三下兩下燒開，呼地在鍋沿敲碎一顆雞蛋打入鍋中，放適量的醪糟醅，再燒開，漂浮沫，加黃桂，迅速起鍋倒入碗中。

要問特點？酸甜味醇，可止渴，健胃，活血。

柿子糊塌

吃在臨潼。

臨潼有火晶柿，紅如火，亮如晶，肉質細密，且無硬核。吃一想二，飽一人思全家。但季節有限，又不易帶，遂柿子糊塌應運而生。

將軟柿去皮摘蒂，放面盆中搗攪成糊，加入麵粉，即為柿子麵糊。

用鐵片做手提，外凹中凸邊高二公分。

手鏟將麵糊攤入手提，一起入油鍋，炸；麵糊熟至五成，脫手提漂浮，翻過，炸；如此數次兩面火色均勻便可食之。

但買者多有不忍吃的，顏色太金黃可愛，吃在口，又不忍細咬，半囫圇下肚，結果有燒了心的。

臨潼人炸的糊塌味最佳，油鍋前常圍滿人，便有一光棍只看不買，張大口鼻吸味，竟肥頭大耳。

粉魚

名曰魚，其實並不似魚，酷如蝌蚪。外地人多不知做法，秦人有戲謔者誇口為手工一一捏製，遂使外人歎為觀止。

秦人老少皆能作，依涼水加白礬將豆粉搓成硬團，後以涼水和成粉糊，使其有韌性。鍋水開沸，粉糊徐徐倒入，攪，粉糊熟透，

壓火，以木勺着底再攪，鍋離火，取漏勺，盛之下漏涼水盆內；「魚」，則生動也。

漏勺先為葫蘆瓢作，火筷烙漏眼；後為瓦製；現多為鋁製品。

漏魚可涼吃，滑、軟，進口待咬時卻順喉而下，有活吞之美感。易飽，亦易飢。暑天有楞小子坐下吃兩碗，打嗝鬆褲帶，吸一枝煙，站起來又能吃兩碗，遂暑熱盡去，腋下津津生風。

冬吃則講究炒粉，平底鍋燒熱，淋少許清油，將蔥花稍炒後，倒粉魚炒，加糖色、調料，以瓷碗捂住，一二分鐘後，色黃香噴即成。賣主見婦人牽小孩路過，大聲吆喝，小孩便受誘不走，婦人多邊餵小孩，邊斥責小孩嘴饞，卻總要餵小孩兩勺，便倒一勺入自己口中。

臘汁肉

並不是臘肉，臘肉鹽醃，它則是湯煮。湯，陳湯，一年兩年，三代人四代人，年代愈久味愈醇色愈佳；煮，肉入湯鍋，肉皮朝上，加紹酒、食鹽、冰糖、蔥段、薑塊、大茴、桂皮、草果，大火燒開，小火轉燜，水開圓卻不翻浪。

食臘汁肉單吃可，下酒佐飯亦可，然真正欲領略其風味，最好配剛出爐的熱白吉饃夾着吃，這便是所謂「肉夾饃」。是饃夾了肉，偏稱肉夾了饃，買主為了強調肉美，也便顧不得語言的規範了，奇怪的是這個明顯錯誤的名稱全體食用者皆承認，可見肉美的威力了。

現在的城鎮人最不喜歡吃肥肉，肉食店裏終日在走後門拉關係站長隊爭買瘦肉，但此肉肥而不膩，瘦則無渣，深為食者所好，故近年來城鎮經營者甚多，大街小巷隨處可見店舖。

有上海女子來西安，束腰節食要苗條不要命，在一家店舖前躊躇半晌，饞涎欲滴卻不敢吃，店主明白，大口咬嚼，滿嘴流油，說：「我家經營臘汁肉三代，我每日吃六個肉夾饃吃過五十年，你瞧我胖不堆肉，瘦不露骨。」女子連走了八十家店舖，見賣主個個幹練，相信人的廣告準確，遂大開牙戒。

壺壺油茶

深夜，城鎮小巷有一點燈的，緩緩而來，那便是賣壺壺油茶。賣者多老翁，冬戴一頂氈帽，夏褲帶上別一把蒲扇，高聲吆喝，響遍行雲。

所謂油茶，即麵粉、調料麵加涼水攪成稠糊，徐徐溜入開水鍋中攪拌，勻而沒有疙瘩，再加入杏仁、芝麻、秈米，微火邊燒邊攪。再加入醬油、鹽面、胡椒粉、味精，微火邊燒邊攪。完全要用攪功，攪得顏色發黃，油茶發稠，表面有裂紋痕跡才止。

所謂壺壺，即偌大的有提手有長嘴的水壺，為了保溫，用棉套包裹，如壺穿衣。尤在冬日，其臃臃腫腫，放在那裏，老翁是立着的壺，壺是蹲着的老翁。

夜有看戲的、跳舞的、幽會的，壺壺油茶就成為最佳消夜食品。只是老翁高喊：「熱油茶！燙嘴的油茶！」倒在碗裏卻已冰涼。

跋

古人講：君子謀道，小人謀食；在《陝西小吃小識錄》的寫作中，我幾次為我的舉動可笑了。卻又一想，未必，吃是人人少不了的，且一天最少三頓，若謀道不予食吃，孔聖人也是會行竊的，這似乎就如封建年代裏蘇東坡所說的，為官並不就是恥事，不為官並不就是高潔一樣。更有一層，依我小子之見，吃也是一種藝術。中國的飯菜注重色、形、味，這不是同中國畫有一樣的功能嗎？當物質的一番滋味泛在口中，而精神的一番滋味泛在心頭，這又是多麼於人生有實益的事情啊！

陝西這塊渾厚的黃土，因地域不同，民族不同，物產不同，氣候不同，構成了它豐富奇特的習尚風俗，而各地的小吃正是這種習尚風俗的一種體現。由此，當我在作陝西歷史的、經濟的、文化的考察時，小吃就不能不引起我的興趣了。十分慶幸的是，興趣的逗引，拿筆作錄，不期而然地使我更了解了我們陝西，了解了我們陝西的人的秉性，也於我的創作實在是有了非淺的受用呢。

需要聲明的是，《陝西小吃小識錄》陸續在《西安晚報》刊出後，外地很有些讀者食慾受刺激，來信要來陝西，一定要逐個去吃吃品品，而一些烹飪學會一類的專門組織又邀我去做顧問，真以為我是能做善吃的角色。這便大錯了。老實說，我是什麼飯菜也不會做的，於吃又極不講究，只是我請教了許多小吃師傅，用文字記錄下來罷了。而這種記錄，又只能是陝西小吃的十分之一還要少，又都是我個人自覺得好吃好喝的。這實在是一件遺憾的事。

所以，當我這個專欄結束之後，真希望每一個小吃師傅動手做了別忘了來寫，每一個食客動口吃了亦別忘了來錄。這麼擴而大之，廣而久之，使天下人都能吃在陝西，寫在陝西，藝術享受在陝西，愛在陝西。

（選自《平凹遊記選》，西安：陝西人民美術出版社，1986年）

壺邊天下

高曉聲

我們常常在「吃飯」後面加上一個「難」字，在「喝酒」前面加上一個「學」字。

吃飯難，學喝酒。

難的吃飯不去學，卻去學喝那不說它難的酒，真是胡謅。

奇怪的是，難吃的飯不學倒都會得吃，而且吃得十分地精。一旦沒有了糧食，那就連樹皮草根、觀音土、健康粉、瓜菜大雜燴都能當做飯來吃，幾乎能集天下之大成而吃之。至於那不難喝的酒，原是經不起大家去學的，就像軟麵團經不起大家壓一樣，會壓出多種形狀來，學出各種結果來。一般來說，經過一段時間鍛煉以後，多少總能喝幾杯了，但多到什麼程度？少到什麼程度？杯子大到什麼程度，小到什麼程度，差別很大，而且層次很多。就像現在中國人的生活水平一樣。還有兩種人像兩個極端，一種人總是學不會，工夫花得再深些也白搭，老是眼淚一滴酒便臉紅耳赤，只得直認蠢才不諱。另一種人根本就沒學，一試便發現自己是海量。乃是天生的英才。我還發現老天爺偏心眼，竟把這一類才能全批給了女人，男人則難得，或是被別的氣質掩蓋了也說不定。女人則表現突出，她跟那些好漢們坐在一桌，悄然斂容，除菜餚外，滴酒不嘗。好漢們原也不曾把她放在眼裏，總以為弱女子不勝酒，任她自便。後來喝得高興了，熱鬧了，偶而發現她冷冷落落，滿杯的酒還沒有動

過，就舉杯邀她也喝一點。她呢，也許是出於禮貌，也許覺得不喝浪費掉可惜，只得略表謙遜，便含笑喝了那杯酒。卻是一口、兩口便喝光了。這可引起了大家的驚異。有人以為她沒有喝過酒，錯把它當開水喝了。而她竟臉不變色心不跳。於是一致看出她有量。正在興頭上的好漢們便不再可憐她纖弱，反如盯住了獵物不肯放過，一隻又一隻手捉着酒杯像打架般戳到她面前硬要乾、乾、乾。她倒往往會打個招呼說：「我喝酒是沒啥意思的。」可惜別人沒有聽懂，誤會為「喝酒沒啥意思」。認為說這種敗興的話還該多罰一杯。其實她說的沒意思，是因為她喝酒像喝白開水一樣，沒有什麼反應。

只此一點誤解，好漢們便大錯鑄成。他們同喝「白開水」的人較量開了，最後一個個如狗熊般趴下來，醉倒在石榴裙下。

我忘了自己是在什麼時候養成喝慢酒的習慣的，大概總在感到生活太無聊，有太多的時間無可排遣吧。到了這地步我當然被磨平了棱角，使酒也不會任氣了。因此心平氣和在酒桌一角看過不少好戲。還得出一條經驗，常常告誡朋友們說：「切勿和女士鬥酒！」

「為什麼？」

「女將上陣，必有『妖法』！」

在同行中，很有些人知道我這句「名言」。

同這樣的女士喝酒會肅然起敬和索然無味，就像健美的女將讓你欣賞她渾身鋼鐵般的肌肉一樣。

所以我倒是喜歡和普通的（即酒精對她同我一樣能起作用）女士在一起喝。她們喝了點酒，會像花朵剛被水噴澆過那般新鮮，甚至像曇花開放時一忽兒一副樣子。千姿百態中包孕了一整個世界。

「酒是色媒人」，這句話的解釋因人而異。事實上，世界上絕大多數的人，幾杯酒下肚以後，並不會去幹那西門慶和潘金蓮的勾當。倒是女士們因酒的媒介呈現出來的美麗（常常是無與倫比的藝術創造），這才合那句話的本意。

記得有一次在某地作客，主人夫婦倆來我們能喝點兒的一桌相陪。主人先告罪，他不能喝。這就點明是女將出台了。我就靜觀大家交替同她碰杯。她年輕、亦顯得有豪氣。我起初以為酒精對她不起作用，看了一陣之後，發覺她並不是喝的「白開水」。她的臉愈來愈紅潤姣豔了。眉眼變得水靈又花俏……我看她正到好處，再喝就把美破壞了。正想勸阻，恰是心有靈犀一點通，桌面上已是靜了下來，大家文雅地坐着，對女主人微微笑。真是滿座無惡客，和諧極了。女主人也馬上感到了大家的善意，快活得一臉的光彩，把燈光都蓋過了。

我總說，美是一種創造，而酒能幫助我們創造美。

愛美是人的天性，因此美總受到稱讚、尊重和保護。當然也有「莫待無花空折枝」的惡少，那同酒並沒有什麼關係。

老天爺沒有把飲酒的天才賦給我，因為我是一個男的。

那麼我是什麼時候開始學喝酒的呢！

如果把酒作為觸媒劑聯繫自己的過去，那會引發出許多五光十色的回憶。我想這不光是我，許許多多的人都是這樣。酒如水銀瀉地，在生活中無孔不入。它豈止是「色媒人」，甚至是「一切的媒人」呢。

我學喝酒比別人還難一些，我是偷着學的。按老輩的看法，偷着學比冠冕堂皇學效果好得多，說明學習的人有很迫切的上進心。就像飢慌了的人迫切要找點食物填肚皮一樣。所以總說偷來的拳頭最厲害。可見偷了酒學喝定然成就超群。

　　那時候我還是個火頭軍，母親做菜時，就派我去灶下燒火。灶角上坐着一把錫酒壺，盛的是老黃酒。燒葷腥時，用它做料。每次只用掉一點兒，所以那壺裏經常剩得有許多酒。我燒火的時候只要一伸手就能拿到。假使我喝紅了臉，完全可以說是被灶火烤紅的，我何樂而不品嘗這「禁果」！不久我母親就懷疑壺漏了。後來才發現是漏進我嘴裏去的。她就罵我「好的不學，專揀壞的學，一點點（北方話叫一丁點兒）的人倒喝酒了！」罵過以後，我就不怕了。因為她沒有打我。喝酒畢竟是極普通的事，我們這兒，秋收以後，十有九家都做幾斗糯米的酒，裏邊不知出了多少酒鬼，天也沒有塌下來。小孩子早點學會了，未見得不算出息。不過我家因父親在外地做事，平常無人喝酒，是九家以外的一家。料酒也難得用到，鍋子裏不是能常燒葷腥的。所以靠那壺也培養不出英才來。我叔父家年年做酒，那只酒缸很大，就放在我們兩家的公廳牆角裏。叔叔家每年做五斗米酒，半缸都不到。往年我只對做酒的那天有興趣，因為糯米蒸飯很好吃。如今就對那酒缸有興趣了。可是舀一碗酒也不容易，我腳下得墊一張板凳，用力掀開沉重的缸蓋，把上半個身子都伸到缸裏去才舀得到。有一次我這樣做的時候，被叔叔碰到。他連連喊着「哎呀、哎呀、哎呀……」一把將我按在缸沿上，掀開缸蓋拉我出來。我以為他要打我了。誰知他倒嚇白了臉，半晌才回過氣來說：「小爺爺，你要酒叫叔叔舀就是了。你怎麼夠得到！跌進酒缸去沒人看見淹死了怎得了！」

難道我還那麼小？叔叔總有點誇張吧！

不過那時候我實在並不懂得酒。現在回想起來，酒給我那些鄉親們的影響真夠驚心動魄。他們水裏來、雨裏去，穿着濕透了的衣衫在田裏甚至河裏熬得嘴唇發紫臉雪白，好容易熬到回家，進了門高喊一聲「酒！」便心也暖了，氣也順了。

有些事我至今都不能理解，一位年富力強的鄉親，雖是農民，卻有點文化，若論家中情況，也是「十畝三間，天下難揀」，平時好酒，亦有雅量。可是有一天中午同幾位鄉親在一起喝了些，忽然拔腳就走。認準門外七八丈遠一個糞池，竟像跳水運動員那樣一縱身，頭朝下，腳朝上迅速魚躍而下。幸虧搶救得快，現在我還非常清楚那時候他像隻死豬躺在地上被一桶桶清水沖洗的情景。不管怎麼說，就算他喝醉了吧，就算他想尋死吧，就算他平時想死沒有勇氣，是靠了酒才敢做出來，可是為什麼要選擇這樣的死法呢？這實在太荒唐，古今中外，自尋短見的人何止千萬，死法集錦當亦蔚然可觀。但自投糞池，倒還是前不見古人，後不見來者的。酒能使人興奮，思維因此更加活潑而敏捷，如果因而就發展到糞池一跳，則令人瞠目結舌，啼笑皆非。幸而未死，免得做臭鬼；不幸而未死，這一跳倒使後來的日子不大好過。他自然不願再提到它，甚至最好（可惜做不到）不再想到它。鄉親們卻是通情達理的，況且這一跳雖醜，也不曾害別人，何必同他過不去呢。所以，除了當場親見的之外，材料並沒有擴散出去。我們有個傳統，不說兩種人的壞處，一種人是酒鬼，一種是皇帝。前者是因為喝多了，糊糊塗塗幹出來的壞事，便原諒了他。後者是為了避諱，這可以分成自願和被迫兩種，如果不自願為長者諱，也要想一想後果而忍一忍，還是多

吃飯、少開口好（請看這句諺語造得多巧妙，「多吃飯」的「飯」字換了個「酒」字，就忍不住了）。

不過忍也畢竟不會永久，到後來不就有《隋煬帝豔史》和《清宮秘史》之類的東西問世了嗎！

另一位叫人難忘的是我的堂叔，酒神沒有任何理由在他身上製造悲劇。因為他非常善良，即使喝醉了也只會笑呵呵說些無關緊要的廢話。我不知道他從什麼時候養成了這個嗜好，我確信他是酒鬼的時候，他已經不大有喝酒的自由了。據說他從前常常在鎮上喝了酒醉倒在回家的途中。鄉親們不懂得要如李太白、史湘雲那般推崇和欣賞他，反而以酒鬼之名贈之，真是虎落平陽，龍困沙灘，沒有辦法。尤其是他那位賢妻也就是我的嬸娘對此深為厭惡，到年底鎮上各酒店來收賬時便同丈夫拼死拼活不肯還債，弄得我堂叔無可奈何只得躲開，讓債主聽他夫人哭命苦，哭她嫁了個敗家精男人沒有日子過。一直鬧到大年夜燒了路頭[1]，討債的不能再討下去，才結束了這苦難的一幕。村上人大半都稱讚我嬸嬸守得住家業，管得住丈夫，全不想想我堂叔欠債不還，失去信用，弄得大家瞧不起他，裏外都不能做人。他再要上街去賒酒甚至賒肥皂、毛巾等實用品，店主都朝他笑笑說：「叫你老婆來買。」

他還有什麼話說呢！他只得沉默，只得悄然從社會裏退出來。起初是想說沒有用，後來是有話不想說，一直到無話可說了，沉默便像海一樣無底，以至於使得別人都習慣了不同他說話。只有等到秋穀登場，家裏做了一點酒，他偶然有機會多喝了幾杯之後，臉上才有一點笑意，嘴裏才有一點聲音。這有多麼難得和多麼可悲呀！

---

1. 即接了財神爺的神幣回來。

難道這性格能説是酒鑄成的嗎！

當然，堂叔的經驗別人是難以接受的。我們總不能為了喝得痛快把老婆打倒在地，再踩上一隻腳，叫她永世不得翻身吧！

我自己後來有所收斂，則是另有教訓。那是在高中畢了業，沒考取大學，在家鄉晃蕩。有位同學在附近小學裏教書，我去看他，他自己不會喝，就邀了個有量的人來陪客。那天晚上，我們兩個大約喝了兩斤半杜燒酒，睡到牀上就不好受了，胸口如一團烈火燒，吐出來的氣都燙痛舌頭和嘴唇，不禁連連呻吟説比死還難過。後來幸而不死竟活下來了，從此便發誓不喝燒酒。

這一誓言，自然為喝別的酒開了方便之門。

那一次的確是喝白酒喝怕了，誓言是一直遵守下去的。但形勢的發展常常出人意料，而我們又必須跟上形勢才不致成為頑固派，不致變成社會前進的絆腳石。況且即使要做頑固派，也總是頑而不固的。黃酒白酒畢竟一樣含酒精，殺饞的功效白酒又比黃酒大得多，人生總不會一帆風順，面臨逆境大都聰明地不會自殺，一旦碰上「有啥吃啥，無啥等着」的局面，他媽的喝酒還管什麼是黃是白呢！喝吧喝吧，本來就不存在原則問題。人活在世界上能那麼嬌嫩嗎，真愛護身體就不應該喝酒，既然喝了還裝什麼腔，作什麼勢，趁着還有就趕快買吧，誰保證你明天一定喝得上！

真慚愧，我就是在那個時候破戒的，就事論事，破戒再喝白酒並不算失大節，問題在於這精神上的反覆觸動我的羞恥心，認為這無異當了叛徒或做了妓女，灰溜溜地連喝了酒也振作不起來。幸而不久就有了轉機，原來酒也是糧食做的，自然也隨缺糧而緊張。吃飯難時，喝酒也不容易了。白酒黃酒，我都難得問津了。我的二姨

母住在小鎮上，從不嘗杯中物。有一次我去看她，她竟悄悄拿出一瓶黃酒來，倒一杯叫我喝，挺誠摯地說：「現在買不到別的吃，這酒，也是營養品。」她那音容便像得到了極好的寬慰，猛然覺得這苦難的現實仍舊充滿了生趣。

「酒是營養品」，姨母的這句話，不但是對我的祝福，也是對所有同好者的祝福。那麼就讓我們努力去尋覓吧，我們付出了代價，總會有所得。常州天寧寺生產一種藥酒，從前叫毛房藥酒，不知名出何由，為啥不叫別的，偏叫毛房，什麼意思也沒有說清楚。現在不可以再含糊下去了，否則就是對勞動人民不負責，所以改稱「強身酒」。這就同我姨母說的「營養品」庶幾近乎哉。常規喝這號酒，早晚兩次，每次一小盅，如今難得買到手，又全靠它營養，自然就要多喝些。於是便有人出鼻血，偶然也有犧牲的，可惜當時悲壯的事情太多，喝死了也許有些學不會的人還羨慕呢，況且死者未見得單喝一種酒，用工業酒精羼了水，難道別人喝過他就能熬住不喝？不過也不能就說羼水的工業酒精不能喝，喝死了他還並沒有喝死你們呢。我坦白交代，我在我姨母精神的鼓舞下也喝過，我不是也活過來了嗎！所以，我是個活見證，證明前年吳縣那個酒廠的生產經驗是有前科的，不同的是從前的人耐得苦難，經受得住考驗。現在呢，吳縣那個酒廠難得生產一批那種酒，竟鬧出了好些人命和瞎了好些雙眼睛。咦呀，離革命要達到的目標還遠得很，現在還只是社會主義初級階段，怎麼大家就變得這樣嬌嫩了呢？

畢竟還是不喝酒好，免得誤喝了這種要命的東西。

這是局外人的高調，願喝的照喝不誤。其中有些人是看透了，知道要命的東西並不光在酒裏邊，原是防不勝防的。而另一些人則永遠不會喝上這要命東西的，他們的存在，是使過去市場上看不見名牌酒的重要原因。

吳縣那個酒廠主要生產那種要命的東西，是要別人的命，自己決不喝。他要喝就會喝名牌酒，用要了別人命的錢去買。

在當前的高消費中，類似上述情形的，我不知道究竟佔了多少百分比。

想到這裏，不禁忿忿。

忿忿又奈何？總不至因此就禁酒吧！

何以解憂？黃酒一杯……在煙酒價格大開放、大漲價的今天，常州黃酒從四角四分漲到五角一斤，是上升幅度最小而且是全國最便宜的酒類，我一向樂此不倦，所以倒佔了便宜，如今還能開懷痛飲。卻又怕這樣的日子不能長久過下去，一則今年許多地方的水勢，也像物價一樣猛漲，淹了不少莊稼。二則人們想發財的大潮，也如黃河之水，從天上奔騰而下，淹沒了一切，農肥農藥都賣了高價，而且還發現不少是假的。黃酒要用大米做，看今年的光景，真怕又要把酒當營養品了。

從報上看到，有些地方政府查到假農肥農藥後，也責令奸商（這兩個字報上還不肯使用，是在下篡改的）賠償損失。如何賠法沒有說，所以我左思右想也想不出個公平的賠法來。如果僅僅是把錢還給買主，那麼我對今後吃飯和喝酒都不便樂觀了。

所以吃飯難時，千萬不要再去學喝酒。學會了想喝，已經沒有啦。

不過先富起來了的人倒不必愁，杜酒沒有了還有洋酒呢。從前我以為港澳同胞帶進來送禮的人頭馬、白臘克威士忌、金獎馬得利是最好的洋酒了。今年去美國待了半年，在許多教授家裏都難得看到這種酒，他們平時喝的差遠了，因此更肯定了原先的想法。回國時經過香港，在機場第一次看到「XO」每瓶港元四百到一千不等，觸目驚心，不知道一小瓶酒為什麼那樣貴？究竟好在什麼地方？因又想起「XO」這個牌子的名稱。第一次是在紐約聽到的，有位夫人告訴我，她在北京時，邀了一位中國作家協會的官員到她駐北京辦事的表兄家作客。這位客人點名要喝「XO」。幸虧她表兄還拿得出。可是這位客人倒了一杯，卻只呷了一口就不喝了。真是要了好大的派頭。為此這位夫人回到紐約以後還忿忿在念，好像要拿我出氣似的。然而她也並沒有告訴我「XO」是什麼酒，一直到回到祖國以後，才在一張小報上看到。原來我過去認為的好酒，都還是低檔貨，只有不同價格的「XO」才獨佔了中檔和高檔。

那就喝「XO」吧。

「XO」，這兩個符號連在一起，無論如何都是妙透了，在數學上，「X」是個未知數，「O」是已知數，它們並列在一起，可以看成「X＝O」。如果讓它們互相鬥爭，那麼「XO」的寫法也可以理解「X」乘「O」，仍舊等於 0。

所以「XO」無論如何也等於 0。

那是不是意味着，會把我們喝得精光呢！

這又該是杞人憂天吧，只要看紐約夫人形容的中國作協那個

官員，就知道外國人看得那麼貴重的東西，中國人還不起眼呢！不光能喝，且能糟蹋。「XO」的值，對中國人等於 0，對外國人也等於 0。那含義就不一定是把我們喝得精光，也許倒是我們把外國的「XO」喝得精光呢！嘿！

（選自《東方紀事》，1989 年第 1 期）

途中

梁遇春

　　今天是個瀟灑的秋天，飄着零雨，我坐在電車裏，看到沿途店裏的夥計們差不多都是懶洋洋地在那裏談天，看報，喝茶——喝茶的尤其多，因為今天實在有點冷起來了。還有些只是倚着櫃頭，望望天色。總之紛紛擾擾的十里洋場頓然現出閒暇悠然的氣氛，高樓大廈的商店好像都化做三間兩舍的隱廬，裏面那班平常替老闆掙錢，向主顧陪笑的夥計們也居然感到了生活餘裕的樂處，正在拉開扯散地過日，彷彿全是古之隱君子了。路上的行人也只是稀稀的幾個，連坐在電車裏面上銀行去辦事的洋鬼子們也燃着煙斗，無聊賴地看報上的廣告，平時的燥氣全消，這大概是那件雨衣的效力罷！到了北站，換上去西鄉的公共汽車，雨中的秋之田野是別有一種風味的。外面的濛濛細雨是看不見的，看得見的只是車窗上不斷地來臨的小雨點，同河面上錯雜得可喜的纖纖雨腳。此外還有粉般的小雨點從破了的玻璃窗進來，棲止在我的臉上。我雖然有些寒戰，但是受了雨水的洗禮，精神變成格外地清醒。已攖世網，醉生夢死久矣的我真不容易有這麼清醒，這麼氣爽。再看外面的景色，既沒有像春天那嬌豔得使人們感到它的不能久留，也不像冬天那樣樹枯草死，好似世界是快毀滅了，卻只是靜默默地，一層輕輕的雨霧若隱若現地蓋着，把大地美化了許多，我不禁微吟着鄉前輩姜白石的詩句，真是「人生難得秋前雨」。忽然想到今天早上她皺着眉頭說道：

「這樣淒風苦雨的天氣，你也得跑那麼遠的路程，這真可厭呀！」我暗暗地微笑。她哪裏曉得我正在憑窗賞玩沿途的風光呢？她或者以為我現在必定是哭喪着臉，像個到刑場的死囚，萬不會想到我正流連着這葉尚未凋，草已添黃的秋景。同情是難得的，就是錯誤的同情也是無妨，所以我就讓她老是這樣可憐着我的僕僕風塵罷；並且有時我有什麼逆意的事情，臉上露出不豫的顏色，可以借路中的辛苦來遮掩，免得她一再追究，最後說出真話，使她平添了無數的愁緒。

其實我是個最喜歡在十丈紅塵裏奔走道路的人。我現在每天在路上的時間差不多總在兩點鐘以上，這是已經有好幾月了，我卻一點也不生厭，天天走上電車，老是好像開始蜜月旅行一樣。電車上和道路上的人們彼此多半是不相識的，所以大家都不大拿出假面孔來，比不得講堂裏，宴會上，衙門裏的人們那樣彼此拼命地一味敷衍。公園，影戲院，遊戲場，館子裏面的來客個個都是眉開眼笑的，最少也裝出那麼樣子，墓地，法庭，醫院，藥店的主顧全是眉頭皺了幾十紋的，這兩下都未免太單調了，使我們感到人世的平庸無味，車子裏面和路上的人們卻具有萬般色相，你坐在車裏，只要你睜大眼睛不停地觀察了三十分鐘，你差不多可以在所見的人們臉上看出人世一切的苦樂感覺同人心的種種情調。你坐在位子上默默地鑒賞，同車的客人們老實地讓你從他們的形色舉止上去推測他們的生平同當下的心境，外面的行人一一現你眼前，你盡可恣意瞧着，他們並不會曉得，而且他們是這麼不斷地接連走過，你很可以拿他們來彼此比較，這種普通人的行列的確是比什麼賽會都有趣得多，路上源源不絕的行人可說是上帝設計的賽會，當然勝過了我

們佳節時紅紅綠綠的玩意兒了。並且在路途中我們的心境是最宜於靜觀的，最能吸收外界的刺激的。我們通常總是有事幹，正經事也好，歪事也好，我們的注意免不了特別集中在一點上，只有路途中，尤其走熟了的長路，在未到目的地以前，我們的方寸是悠然的，不專注於一物，卻是無所不留神的，在匆匆忙忙的一生裏，我們此時才得好好地看一看人生的真況。所以無論從哪一方面說起，途中是認識人生最方便的地方。車中，船上同人行道可說是人生博覽會的三張入場券，可惜許多人把它們當做廢紙，空走了一生的路。我們有一句古話：「讀萬卷書，行萬里路」，所謂行萬里路自然是指走遍名山大川，通都大邑，但是我覺換一個解釋也是可以。一條的路你來往走了幾萬遍，湊成了萬里這個數目，只要你真用了你的眼睛，你就可以算是懂得人生的人了。俗語說道：「秀才不出門，能知天下事」，我們不幸未得入泮，只好多走些路，來見見世面罷！對於人生有了清澈的觀照，世上的榮辱禍福不足以擾亂內心的恬靜，我們的心靈因此可以獲到永久的自由，可見個個的路都是到自由的路，並不限於羅素先生所欽定的：所怕的就是面壁參禪，目不窺路的人們，他們自甘淪落，不肯上路，的確是無法可辦。讀書是間接地去了解人生，走路是直接地去了解人生，一落言詮，便非真諦，所以我覺得萬卷書可以擱開不唸，萬里路非放步走去不可。

了解自然，便是非走路不可。但是我覺得有意的旅行倒不如通常的走路那樣能與自然更見親密。旅行的人們心中只惦着他的目的地，精神是緊張的。實在不宜於裕然地接受自然的美景。並且天下的風光是活的，並不拘拘於一谷一溪，一洞一岩，旅行的人們所看的卻多半是這些名聞四海的死景，人人莫名其妙地照例讚美的勝地。旅行的人們也只得依樣葫蘆一番，做了萬古不移的傳統的奴

隸。這又何苦呢？並且只有自己發現出的美景對着我們才會有貼心的親切感覺，才會感動了整個心靈，而這些好景卻大抵是得之偶然的，絕不能強求。所以有時因公外出，在火車中所瞥見的田舍風光會深印在我們的心坎裏，而花了盤川，告了病假去賞玩的名勝倒只是如煙如霧地浮動在記憶的海裏。今年的春天同秋天，我都去了一趟杭州，每天不是坐在划子裏聽着舟子的調度，就是跑山，恭敬地聆着車夫的命令，一本薄薄的指南隱隱地含有無上的威權，等到把所謂勝景一一領略過了，重上火車，我的心好似去了重擔。當我再繼續過着我通常的機械生活，天天自由地東瞧西看，再也不怕受了舟子，車夫，游侶的責備，再也沒有什麼應該非看不可的東西，我真快樂得幾乎發狂。西泠的景色自然是漸漸消失得無影無跡，可惜消失得太慢，起先還做了我幾個噩夢的背境。當我夢到無私的車夫，帶我走着崎嶇難行的寶石山或者光滑不能住足的往龍井的石路，不管我怎樣求免，總是要迫我去看煙霞洞的煙霞同龍井的龍角。謝謝上帝，西湖已經不再浮現在我的夢中了。而我生平所最賞心的許多美景是從到西鄉的公共汽車的玻璃窗得來的。我坐在車裏，任它一上一下，一左一右地跳蕩，看着老看不完的十八世紀長篇小說，有時閉着書隨便望一望外面天氣，忽然覺得青翠迎人，遍地散着香花，晴天現出不可描摹的藍色。我頓然感到春天已到大地，這時我真是神魂飛在九霄雲外了。再去細看一下，好景早已過去，剩下的是閘北污穢的街道，明天再走到原地，一切雖然仍舊，總覺得有所不足，與昨天是不同的，於是乎那天的景色永留在我的心裏。甜蜜的東西看得太久了也會厭煩，真真的好景都該這樣一瞬即逝，永不重來。婚姻制度的最大毛病也就是在於日夕聚首：將一切好處都因為太熟而化成壞處了。此外在熱狂的夏天，風雪載途的

冬季我也常常出乎意料地獲到不可名言的妙境，滋潤着我的心田。會心不遠，真是陸放翁所謂的「何處樓台無月明」。自己培養有一個易感的心境，那麼走路的確是了解自然的捷徑。

「行」不單是可以使我們清澈地了解人生同自然，它自身又是帶有詩意的，最浪漫不過的。雨雪霏霏，楊柳依依，這些境界只有行人才有福享受的。許多奇情逸事也都是靠着幾個人的漫游而產生的。《西遊記》，《鏡花緣》，《老殘遊記》，Cervantes 的《吉訶德先生》（*Don Quix-ote*），Swift 的《海外軒渠錄》（*Gulliver's Travels*），Bunyan 的《天路歷程》（*Pilgrim's Progress*），Cowper 的《痴漢騎馬歌》（*John Gilpin*），Dickens 的（*Pickwick Papers*）[1]，Byron 的（*Childe Harold's Pilgrimage*）[2]，Fielding 的（*Joseph Andrews*）[3]，Gogols 的（*DeadSouls*）[4] 等不可一世的傑作沒有一個不是以「行」為骨子的，所說的全是途中的一切，我覺得文學的浪漫題材在愛情以外，就要數到「行」了。陸放翁是個豪爽不羈的詩人，而他最出色的傑作卻是那些紀行的七言。我們隨便抄下兩首，來代我們說出「行」的浪漫性罷！

劍南道中遇微雨

衣上征塵雜酒痕，遠遊無處不銷魂。

此身合是詩人未，細雨騎驢入劍門。

---

1. 即狄更斯的《匹克威克外傳》。
2. 即拜倫的長詩《恰爾德·哈羅爾德遊記》。
3. 即菲爾丁的《約瑟夫·安德魯斯》。
4. 即果戈里的《死魂靈》。

南定樓遇急雨

行遍梁州到益州，今年又作度瀘遊，

江山重複爭供眼，風雨縱橫亂入樓。

人語朱離逢峒獠，棹歌欸乃下吳州，

天涯住穩歸心懶，登覽茫然卻欲愁。

　　因為「行」是這麼會勾起含有詩意的情緒的，所以我們從「行」可以得到極愉快的精神快樂，因此「行」是解悶消愁的最好法子，將瀕自殺的失戀人常常能夠從漫游得到安慰，我們有時心境染了淒迷的色調，散步一下，也可以解去不少的憂愁。Howthorne[5] 同 Edgar Allen Poe[6] 最愛描狀一個心裏感到空虛的悲哀的人不停地在城裏的各條街道上回復地走了又走，以冀對於心靈的飢餓能夠暫時忘卻，Dostoevsky[7] 的《罪與罰》裏面的 Raskolnikov 犯了殺人罪之後，也是無目的到處亂走，彷彿走了一下，會減輕了他心中的重壓。甚至於有些人對於「行」具有絕大的趣味，把別的趣味一齊壓下了，Stevenson[8] 的《流浪漢之歌》就表現出這樣的一個人物，他在最後一段裏說道：「財富我不要，希望，愛情，知己的朋友，我也不要，我所要的只是上面的青天同腳下的道路。」

　　　　Wealth I ask not, hope nor love,

　　　　Nor a friend to know me;

5.　即霍桑。

6.　即愛倫·坡。

7.　即杜斯托也夫斯基。

8.　即斯蒂文森。

All l ask, the heaven above

And the road below me.

　　Walt Whitman（惠特曼）也是一個歌頌行路的詩人，他的《大路之歌》真是「行」的絕妙讚美詩，我就引他開頭的雄渾詩句來做這段的結束罷！

A foot and light-hearted I take to the open road,

Healthy, free, the world before me,

The long brown path before me leading wherever I choose.

　　我們從搖籃到墳墓也不過是一條道路，當我們正寢以前，我們可說是老在途中。途中自然有許多的苦辛，然而四圍的風光和同路的旅人都是極有趣的，值得我們跋涉這程路來細細鑒賞。除開這條悠長的道路外，我們並沒有別的目的地，走完了這段征程，我們也走出了這個世界，重回到起點的地方了。科學家說我們就歸於毀滅了，再也不能重走上這段路途，主張靈魂不滅的人們以為來日方長，這條路我們還能夠一再重走了幾千萬遍。將來的事，誰去管它，也許這條路有一天也歸於毀滅，我們還是今天有路今天走罷，最要緊的是不要閉着眼睛，朦朦一生，始終沒有看到了世界。

十八年十一月五日

（選自《淚與笑》，開明書店 1934 年）

論西裝

林語堂

　　許多朋友問我為何不穿西裝。這問題雖小，卻已經可以看出一人的賢愚與雅俗了。倘是一人不是俗人，又能用點天賦的聰明，兼又不染季常癖，總沒有肯穿西服的，我想。在一般青年，穿西裝是可以原諒的，尤其是在追逐異性之時期，因為穿西裝雖有種種不便，卻能處處受女子之青睞，風俗所趨，佳人所好，才子自然也未能免俗。至於已成婚而子女成群的人，尚穿西裝，那必定是他仍舊屈服於異性的徽記了。人非昏聵，又非懼內，決不肯整日價掛那條狗領而自豪。在要人中，懼內者好穿西裝，這是很鮮明彰著的事實。也不是女子盡喜歡作弄男子，令其受苦。不過多半的女子似乎覺得西裝的確較為摩登一等。況且即使有點不便，為伊受苦，也是愛之表記。古代英雄豪傑，為着女子赴湯蹈火，殺妖斬蛇，歷盡苦辛以表示心跡者正復不少。這種女子的心理的遺留，多少還是存在於今日，所以也不必見怪。西裝只可當為男子變理的獻殷勤罷了。不過平心而論，西裝之所以成為一時風氣而為摩登士女所樂從者，唯一的理由是，一般人士震於西洋文物之名而好為效響；在倫理上，美感上，衛生上是決無立足根據的。

　　不知怎樣，中裝中服，暗中是與中國人之性格相合的，有時也從此可以看出一人中文之進步。滿口英語，中文説得不通的人必西裝，或是外國騙得洋博士，羽毛未乾，唸了三兩本文學批評，到

處橫衝直撞，談文學，盯女人者，亦必西裝。然一人的年事漸長，素養漸深，事理漸達，心氣漸平，也必斷然棄其洋裝，還我初服無疑。或是社會上已經取得相當身分，事業上已經有相當成就的人，不必再服洋裝以掩飾其不通英語及其童騃之氣時，也必斷然卸了他的一身洋服。所有例外，除有季常癖者，也就容易數得出來，洋行職員，青年會服務員及西崽為一類，這本不足深責，因為他們不但中文不會好，並且名字就是取了約翰，保羅，彼得，Jimmy 等，讓西洋大班叫起來方便。再一類便是月薪百元的書記，未得差事的留學生，不得志之小政客等。華僑子弟，黨部青年，寓公子侄，暴富商賈及剃頭師父等又為一類，其穿西裝心理雖各有不同，總不外趨俗兩字而已，如鄉下婦女好鑲金齒一般見識，但決說不上什麼理由。在這一種俗人中，我們可以舉溥儀為最明顯的例了。我猜疑着，像溥儀或其妻一輩人必有鑲過金齒，雖然在照片上看不出。你看那一對藍（黑）眼鏡，厚嘴唇及他的英文名字「亨利」，也就可想而知了。所以溥儀在日本天皇羽翼之下，盡可稱皇稱帝。到了中國關內想要復辟，就有點困難。單那一套洋服及那英文名字就叫人灰心。你想「亨利亨利」，還像個中國天子之稱麼？

大約中西服裝哲學上之不同，在於西裝意在表現在人身形體。而中裝意在遮蓋身體。然而人身到底像猴猻，脫得精光，大半是不甚美感，所以與其表揚，毋寧遮蓋。像甘地及印度羅漢之半露體，大半是不能引人生起什麼美感的。只有沒有美感的社會，才可以容得住西裝。誰不相信這話，可以到紐約 Coney Island 的海岸，看看那些海浴的男婦老少的身體是怎樣一回事。裸體美多半是畫家挑出幾位身材得中的美女畫出來的，然而在中國之畫家，已經深深覺得

身段勻美的模特兒之不易得了。所以二十至三十五歲以內的女子西裝，我還贊成，因為西裝確可極量表揚其身體美，身材輕盈，肥瘦停勻的女子服西裝，的確佔了便宜。然而我們不能不為大多數的人着想，像紐約終日無所事事髀肉復生的四十餘歲貴婦，穿起衣服，露其胸背，才叫人觸目驚心。這種婦人穿起中服便可以藏拙，佔了不少便宜。因為中國服裝是比較一視同仁，自由平等，美者固然不能盡量表揚其身體美於大庭廣眾之前，而醜者也較便於藏拙，不至於太露形跡了，所以中服很合於德謨克拉西的精神。

以上是關於美感方面。至於衛生通感方面，更無足為西裝置辯之餘地。狗不喜歡帶狗領，人也不喜歡帶上那西裝的領子，凡是稍微明理的人都承認這中古時代 Sir Walter Raleigh，Cardinal Richelieu 等傳下來的遺物的變相是不合衛生的。西方就常有人立會宣言，要取消這條狗領。西洋女裝在三十年來的確已經解放不少，但是男子服裝還是率出舊章，未能改進，男子的頸子，社會總還認為不美觀不道德，非用領子扣帶起來不可。帶這領子，冬天妨礙禦寒，夏天妨礙通氣，而四季都是妨礙思想，令人自由不得。文士居家為文，總是先把這條領子脫下，居家而尚不敢脫領，那便是懼內之徒，另有苦衷了。

自領以下，西裝更是毫無是處。西人能發明無線電飛機，卻不能了悟他們身體只有頭面一部尚算自由。穿西裝者，必穿緊封皮肉的貼身衛生裏衣，叫人身皮膚之毛孔作用失其效能。中國衣服之好處，正在不但能通毛孔呼吸，並且無論冬夏皆寬適如意，四通八達，何部癢處，皆搔得着。西人則在冬天無非穿刺身之羊毛裏衣不可。衛生裏衣之衣褲不能無褶，以致每堆積於腹部，起了反抗，

由是不能不改為上下通身一片之 union suit。裏衣之外，必加以襯衫，襯衫之外，必束以緊硬的皮帶，使之就範，然就範不就範就常成了問題。穿禮服硬襯衫之人就知道其中的苦處。襯衫之外，又必加以背心。這背心最無道理，寬又不是，緊又不是，須由背後活動鉤帶求得適宜之中點，否則不是寬時空懸肚下，便是緊時妨及呼吸。凡稍微用腦的人，都明白人除非立正之時，胸部與背後之直線總有不同，俯前則胸屈而背伸，仰後則胸伸而背屈。然而西洋背心偏偏是假定胸背長短相稱，不容人俯仰於其際。唯人既不能整日挺直，結果非於俯前時，背心不得自由而褶成數段，壓迫呼吸，便是於仰後時，背心盡處露出，不能與褲帶相銜接，其在體材胖重的人，腹部高起之曲線既無從隱藏，背心之底下盡處遂成為那弧形之最向外點。由此點起，才由褲腰收斂下去，長此暴露於人世，而褲帶也時時刻刻岌岌可危了。人身這樣的束縛法，難怪西人為衛生起見，要提倡裸體運動，屏棄一切束縛了。

但是如果人類還是爬行動物，那褲帶也不至於成為岌岌可危之勢。只消像馬鞍的腹帶，綁上便不成問題，決不上下於其間。但人類雖然已經演化到豎行地步，西洋褲帶卻仍就假定我們是爬行動物。婦人墮胎常就是吃這豎行之虧，因為人類的行走雖然已取立勢，而吾人腹部的肌肉還未演化改造過來，以致本為爬行載重於橫脊骨上之極隱重設置，遂發生時有墮胎之危險。現在立勢既成，婦人腹部肌肉卻仍是橫紋，不是載重於肩膀。而男人之褲帶也一樣的有時時不得把握之勢而受地心吸力所影響。唯一補救的辦法，就是將褲帶拼命扣緊，致使妨礙一切臟腑之循環運動，而間接影響於呼吸之自由。

單這一層，我們就可以看出將一切重量載於肩上令衣服自然下垂的中服是唯一的合理的人類的服裝。至於冬夏四時之變易，中服得以隨時增減，西裝卻很少商量之餘地，至少非一層裏衣一層襯衫一層外衣不可。天炎既不可減，天涼也無從加。這種非人的衣服，非欲討好女子的人是決不肯穿來受罪的。

　　中西服裝之利弊如此顯然，不過時俗所趨，大家未曾着想，所以我想人之智愚賢不肖，大概可以從此窺出吧？

（選自《我的話》，上海：時代圖書公司，1934 年）

住所的話

郁達夫

　　自以為青山到處可埋骨的飄泊慣的流人，一到了中年，也頗以沒有一個歸宿為可慮；近來常常有求田問舍之心，在看書倦了之後，或夜半醒來，第二次再睡不着的枕上。

　　尤其是春雨蕭條的暮春，或風吹枯木的秋晚，看看天空，每會作賞雨茅屋及江南黃葉村舍的夢想；遊子思鄉，飛鴻倦旅，把人一年年弄得意氣消沉的這時間的威力，實在是可怕，實在是可恨。

　　從前很喜歡旅行，並且特別喜歡向沒有火車飛機輪船等近代交通利器的偏僻地方去旅行。一步一步的緩步着，向四面絕對不曾見過的山川風物回視着，一刻有一刻的變化，一步有一步的境界。到了地曠人稀的地方，你更可以高歌低唱，袒裼裸裎，把社會上的虛偽的禮節，謹嚴的態度，一齊洗去。人與自然，合而為一，大地高天，形成屋宇，蟣蟓蟻蝨，不覺其微，五嶽崑崙，也不見其大。偶或遇見些茅篷泥壁的人家，遇見些性情純樸的農牧，聽他們談些極不相干的私事，更可以和他們一道的悲，一道的喜。半歲的雞娘，新生一蛋，其樂也融融，與國王年老，誕生獨子時的歡喜，並無什麼分別。黃牛吃草，嚼斷了麥穗數莖，今年的收穫，怕要減去一勺，其悲也戚戚，與國破家亡的流離慘苦，相差也不十分遠。

至於有山有水的地方呢，看看雲容岩影的變化，聽聽大浪嚙磯的音樂，應臨流垂釣，或松下息陰。行旅者的樂趣，更加可以多得如放翁的入蜀道，劉阮的上天台。

　　這一種好遊旅，喜飄泊的情性，近年來漸漸地減了；連有必要的事情，非得上北平上海去一次不可的時候，都一天天地在拖延下去，只想不改常態，在家吃點精緻的菜，喝點芳醇的酒，睡睡午覺，看看閒書，不願意將行動和平時有所移易；總之是懶得動。

　　而每次喝酒，每次獨坐的時候，只在想着計劃着的，卻是一間潔淨的小小的住宅，和這住宅周圍的點綴與鋪陳。

　　若要住家，第一的先決問題，自然是鄉村與城市的選擇。以清靜來說，當然是鄉村生活比較得和我更為適合。可是把文明利器——如電燈自來水等——的供給，家人買菜購物的便利，以及小孩的教育問題等合計起來，卻又覺得住城市是必要的了。具城市之外形，而又富有鄉村的景象之田園都市，在中國原也很多。北方如北平，就是一個理想的都城；南方則未建都前之南京，瀕海的福州等處，也是住家的好地。可是鄉土的觀念，附着在一個人的腦裏，同毛髮的生於皮膚一樣，叢長着原沒有什麼不對，全脫了卻也勢有點兒不可能。所以三年之前，也是在一個春雨霏微的節季，終於聽了霞的勸告，搬上杭州來住下了。

　　杭州這一個地方，有山有湖，還有文明的利器，兒童的學校，去上海也只有四個鐘頭的火車路程，住家原沒有什麼不合適。可是杭州一般的建築物，實在太差，簡直可以說沒有一間合乎理想的住宅，舊式的房子呢，往往沒有院子，頂多頂多也不過有一堆不大有

意義的假山，和一條其實是只能產生蚊子的魚池。所謂新式的房子呢，更加惡劣了，完全是上海弄堂洋房的抄襲，冬天住住，還可以勉強，一到夏天，就熱得比蒸籠還要難受。而大抵的杭州住宅，都沒有浴室的設備，公共浴場呢，又覺得不衛生而價貴。

　　所以自從遷到杭州來住後，對於住所的問題，更覺得切身地感到了。地皮不必太大，只教有半畝之宮，一畝之隙，就可以滿足。房子亦不必太講究，只須有一處可以登高望遠的高樓，三間平屋就對。但是圖書室，浴室，貓狗小舍，兒童遊嬉之處，灶房，卻不得不備。房子的四周，一定要有闊一點的迴廊；房子的內部，更需要亮一點的光線。此外是四周的樹木和院子裏的草地了，草地中間的走路，總要用白沙來鋪才好。四面若有鄰舍的高牆，當然要種些爬山虎以掩去牆頭，若係曠地，只須植一道矮矮的木柵，用黑色一塗就可以將就。門窗當一例以厚玻璃來做，屋瓦應先釘上鉛皮，然後再覆以茅草。

　　照這樣的一個計劃來建築房子，大約總要有二千元錢來買地皮，四千元錢來充建築費，才有點兒希望。去年年底，在微醉之後，將這私願對一位朋友說了一遍，今年他果然送給了我一塊地，所以起樓台的基礎，倒是有了。現在只在想籌出四千元錢的現款來建造那一所理想的住宅。胡思亂想的結果，在前兩三個月裏，竟發了瘋，將煙錢酒錢省下了一半，去買了許多獎券；可是一回一回的買了幾次，連末尾也不曾得過，而吃了壞煙壞酒的結果，身體卻顯然受了損害了。閒來無事，把這一番經過，對朋友一說，大家笑了一場之後，就都為我設計，說從前的人，曾經用過的最上妙法，是發自己的訃聞，其次是做壽，再其次是兜會。

可是為了一己的舒服，而累及親戚朋友，也着實有點說不過去，近來心機一轉，去買了些《芥子園》、《三希堂》等畫譜來，在開始學畫了；原因是想靠了賣畫，來造一所房子，萬一畫畫，仍舊是不能吃飯，那麼至少至少，我也可以畫許多房子，掛在四壁，給我自己的想像以一頓醉飽，如飢者的畫餅，旱天的畫雲霓。這一個計劃，若不至於失敗，我想在半年之後，總可以得到一點慰安。

　　　　　　　　　　　（選自《文學》第 5 卷第 1 號，1935 年 7 月 1 日）

蹓躂
龍蟲並雕齋瑣語之二

王力

　　在街上隨便走走，北平話叫做「蹓躂」。蹓躂和散步不同；散步常常是揀人少的地方走去，蹓躂卻常常是揀人多的地方走去。蹓躂又和鄉下人逛街不同；鄉下人逛街是一隻耳朵當先，一隻耳朵殿後，兩隻眼睛帶着千般神秘，下死勁地釘着商店的玻璃櫥；城裏人蹓躂只是悠游自得地信步而行，乘興而往，興盡則返。蹓躂雖然用腳，實際上為的是眼睛的享受。江浙人叫做「看野眼」，一個「野」字就夠表示眼睛的自由，和意念上毫無黏着的樣子。

　　蹓躂的第一個目的是看人。非但看熟人，而且看陌生的人；非但看異性，而且看同性。有一位太太對我說：「休說你們男子在街上喜歡看那些太太小姐們，我們女子比你們更甚！」真的，世上沒有一樣東西，比一件心愛的服裝，一雙時款的皮鞋，或一頭新興的髮髻，更能在街上引起一個女子的注意了。甚至曼妙的身段，如塑的圓胖，也沒有一樣不是現代女郎欣賞的對象。中國舊小說裏，以評頭品足為市井無賴的邪僻行為，其實在阿波羅和蕤子所啟示的純潔美感之下，頭不妨評，足不妨品，只要品評出於不語之語，或交換於知己朋友之間，我們看不出什麼越軌的地方來。小的時候聽見某先生發一個妙論，他說太陽該是陰性，因為她射出強烈的光來，令人不敢平視；月亮該是陽性，因為他任人注視，毫無掩飾。現在

想起來，月亮仍該是陰性。因為美人正該如晴天明月，萬目同瞻；不該像空谷幽蘭，孤芳自賞。

蹓躂的第二個目的是看物。任憑你怎樣富有，終有買不盡的東西。對着自己所喜歡的東西瞻仰一番，也就可飽眼福。古人說：「過屠門而大嚼，雖不得肉，聊且快意」；現在我們說：「入商場而凝視，雖不得貨，聊且過癮。」關於這個，似乎是先生們的癮淺，太太小姐們的癮深。北平東安市場裏，常有大家閨秀的足跡。然而非但寶貴的東西不必多買，連便宜的東西也不必常買；有些東西只值得玩賞一會兒，如果整車的搬回家去，倒反膩了。話雖如此說，你得留神多帶幾個錢，提防一個「突擊」。我們不能說每一次蹓躂都只是蹓躂而已；偶然某一件衣料給你太太付一股靈感，或者某一件古玩給你本人送一個秋波，你就不能不讓你衣袋裏的鈔票搬家，並且在你的家庭賬簿上，登記一筆意外的賬目。

就我個人而論，蹓躂還有第三個目的，就是認路。我有一種很奇怪的脾氣，每到一個城市，恨不得在三天內就把全市的街道都走遍，而且把街名及地點都記住了。不幸得很，我的記性太壞了，走過了三遍的街道也未必記得住。但是我喜歡閒逛，就借這閒逛的時間來認路。我喜歡從一條熟的道路出去蹓躂，然後從一條生的道路兜個圈子回家。因此我常常走錯了路。然而我覺得走錯了不要緊；每走錯了一處，就多認識一個地方。我在某一個城市住了三個月之後，對於那城市的街道相當熟悉；住了三年之後，幾乎夠得上充當一個嚮導員。巴黎的五載居留，居然能使巴黎人承認我是一個「巴黎通」。天哪！他們哪裏知道這是我五年努力蹓躂（按理，「努力」「蹓躂」這兩個詞兒是不該發生關係的）的結果呢？

蹓躂是一件樂事；最好是有另一件樂事和它相連，令人樂上加樂，更為完滿，這另一件樂事就是坐咖啡館或茶樓。經過了一兩個鐘頭的「無事忙」之後，應該有三五十分鐘的小憩。在外國，街上蹓躂了一會兒，走進了一家咖啡館，坐在 Terrasse 上，喝一杯咖啡，吃兩個「新月」麵包，聽一曲爵士音樂，其樂勝於羽化而登仙。Terrasse 是咖啡館前面的臨街雅座，我們小憩的時候仍舊可以「看野眼」，一舉兩得。中國許多地方沒有這種咖啡館，不過坐坐小茶館也未嘗不「開心」。這樣消遣了一兩個小時之後，包管你晚上睡得心安夢穩。

　　蹓躂自然是有閒階級的玩意兒，然而像我們這些「無閒的人」，有時候也不妨忙裏偷閒蹓蹓躂躂。因為我們不能讓我們的精神終日緊張得像一面鼓！

一九四三年六月五日《生活導報》第廿八期

（選自《龍蟲並雕齋瑣語》，北京：中國社會科學出版社，1982 年）

衣裳

梁實秋

　　莎士比亞有一句名言:「衣裳常常顯示人品」;又有一句:「如果我們沉默不語,我們的衣裳與體態也會泄露我們過去的經歷。」可是我不記得是誰了,他曾說過更徹底的話:我們平常以為英雄豪傑之士,其儀表堂堂確是與眾不同,其實,那多半是衣裳裝扮起來的,我們在畫像中見到的華盛頓和拿破崙,固然是奕奕赫赫,但如果我們在澡堂裏遇見二公,赤條條一絲不掛,我們會要有異樣的感覺,會感覺得脫光了大家全是一樣。這話雖然有點玩世不恭,確有至理。

　　中國舊式士子出而問世必需具備四個條件:一團和氣,兩句歪詩,三斤黃酒,四季衣裳;可見衣裳是要緊的。我的一位朋友,人品很高,就是衣裳「普羅」一些,曾隨着一夥人在上海最華貴的飯店裏開了一個房間,後來走出飯店,便再也不得進去,司閽的巡捕不准他進去,理由是此處不施捨。無論怎樣解釋也不得要領,結果是巡捕引他從後門進去,穿過廚房,到賬房內去理論。這不能怪那巡捕,我們幾曾看見過看家的狗咬過衣裳楚楚的客人?

　　衣裳穿得合適,煞費周章,所以內政部禮俗司雖然繪定了各種服裝的式樣,也並不曾推行,幸而沒有推行!自從我們剪了小辮兒以來,衣裳就沒有了體制,絕對自由,中西合璧的服裝也不算違警,這時候若再推行」國裝」,只是於錯雜紛歧之中更加重些紛擾罷了。

李鴻章出使外國的時候，袍褂頂戴，完全是「滿大人」的服裝。我雖無愛於滿清章制，但對於他的不穿西裝，確實是很佩服的。可是西裝的勢力畢竟太大了，到如今理髮匠都是穿西裝的居多。我憶起了二十年前我穿西裝的一幕。那時候西裝還是一件比較新奇的事物，總覺得是有點「機械化」，其構成必相當複雜。一班幾十人要出洋，於是西裝逼人而來，試穿之日，適值嚴冬，或缺皮帶，或無領結，或襯衣未備，或外套未成，但零件雖然不齊，吉期不可延誤，所以一陣騷動，胡亂穿起，有的寬衣博帶如稻草人，有的細腰窄袖如馬戲丑，大體是赤着身體穿一層薄薄的西裝褲，凍得涕泗交流，雙膝打戰，那時的情景足當得起「沐猴而冠」四個字。當然後來技術漸漸精進，有的把褲腳管燙得筆直，視如第二生命，有的在衣袋裏插一塊和領結花色相同的手絹，儼然像是一個紳士，猛然一看，國籍都要發生問題。

　　西裝是有一定的標準的。譬如，做褲子的材料要厚，可是我看見過有人在光天化日之下穿夏布西裝褲，光線透穿，真是駭人！衣服的顏色要樸素沉重，可是我見過著名自詡講究穿衣裳的男子們，他們穿的是色彩刺目的寬格大條的材料，顏色驚人的襯衣，如火如荼的領結，那樣子只有在外國雜耍場的台上才偶然看得見！大概西裝破爛，固然不雅，但若嶄新而俗惡則更不可當。所謂洋場惡少，其氣味最下。

　　中國的四季衣裳，恐怕要比西裝更麻煩些。固然西裝講究起來也是不得了的，歷史上著名的一例，詹姆斯第一的朋友白金翰爵士有衣服一千六百二十五套。普通人有十套八套的就算很好了。中裝比較的花樣要多些，雖然終年一兩件長袍也能度日。中裝有一件

好處，舒適。中裝像是變形蟲，沒有一定的形式，隨着穿的人身體變。不像西裝，肩膊上不用填麻布使你冒充寬肩膀，脖子上不用戴枷繫索，褲子裏面有的是「生存空間」；而且冷暖平勻，不像西裝咽喉下面一塊只是一層薄襯衣，容易着涼，褲子兩邊插手袋處卻又厚至三層，特別鬱熱！中國長袍還有一點妙處，馬彬和先生（英國人入我國籍）曾為文論之。他說這鐘形長袍是沒有差別的，平等的，一律的遮掩了貧富賢愚。馬先生自己就是穿一件藍長袍，他簡直崇拜長袍。據他看，長袍不勢利，沒有階級性，可是在中國，長袍同志也自成階級，雖然四川有些抬轎的也穿長袍。中裝固然比較隨便，但亦不可太隨便，例如脖子底下的鈕扣，在西裝可以不扣，長袍便非扣不可，否則便不合於「新生活」。再例如雖然在蚊蟲甚多的地方，褲腳管亦不可放進襪筒裏去，做紹興師爺狀。

　　男女服裝之最大不同處，便是男裝之遮蓋身體無微不至，僅僅露出一張臉和兩隻手可以吸取日光紫外線，女裝的趨勢，則求遮蓋愈少愈好。現在所謂旗袍，實際上只是大坎肩，因為兩臂已經齊根劃出。兩腿儘管細直如竹筷，扭曲如松根，也往往一雙雙的擺在外面。袖不蔽肘，赤足裸腿，從前在某處都曾懸為厲禁，在某一種意義上，我們並不惋惜。還有一點可以指出，男子的衣服，經若干年的演化，已達到一個固定的階段，式樣色彩大概是千篇一律的了，某一種人一定穿某一種衣服，身體醜也好，美也好，總是要罩上那麼一套。女子的衣裳則頗多個人的差異，仍保留大量的裝飾的動機，其間大有自由創造的餘地。既是創造，便有失敗，也有成功。成功者便是把身體的優點表彰出來，把劣點遮蓋起來；失敗者便是把劣點顯示出來，優點根本沒有。我每次從街上走回來，就感覺得

我們除了優生學外，還缺乏婦女服裝雜誌。不要以為婦女服裝是瑣細小事，法朗士說得好：「如果我死後還能在無數出版書籍當中有所選擇，你想我將選什麼呢？……在這未來的群籍之中我不想選小說，亦不選歷史，歷史若有興味亦無非小說。我的朋友，我僅要選一本時裝雜誌，看我死後一世紀中婦女如何裝束。婦女裝束之能告訴我未來的人文，勝過於一切哲學家，小說家，預言家，及學者。」

衣裳是文化中很燦爛的一部分。所以裸體運動除了在必要的時候之外（如洗澡等等），我總不大贊成。

（選自《雅舍小品》，上海：上海書店，1987 年影印本）

雅舍

梁實秋

　　到四川來，覺得此地人建造房屋最是經濟。火燒過的磚，常常用來做柱子，孤零零的砌起四根磚柱，上面蓋上一個木頭架子，看上去瘦骨嶙峋，單薄得可憐；但是頂上鋪了瓦，四面編了竹箅牆，牆上敷了泥灰，遠遠的看過去，沒有人能說不像是座房子。我現在住的「雅舍」正是這樣一座典型的房子。不消說，這房子有磚柱，有竹箅牆，一切特點都應有盡有。講到住房，我的經驗不算少，什麼「上支下摘」，「前廊後廈」，「一樓一底」，「三上三下」，「亭子間」，「茆草棚」，「瓊樓玉宇」和「摩天大廈」，各式各樣，我都嘗試過。我不論住在那裏，只要住得稍久，對那房子便發生感情，非不得已我還捨不得搬。這「雅舍」，我初來時僅求其能蔽風雨，並不敢存奢望，現在住了兩個多月，我的好感油然而生。雖然我已漸漸感覺它是並不能蔽風雨，因為有窗而無玻璃，風來則洞若涼亭，有瓦而空隙不少，雨來則滲如滴漏。縱然不能蔽風雨，「雅舍」還是自有它的個性。有個性就可愛。

　　「雅舍」的位置在半山腰，下距馬路約有七八十層的土階。前面是阡陌螺旋的稻田。再遠望過去是幾抹蔥翠的遠山，旁邊有高粱地，有竹林，有水池，有糞坑，後面是荒僻的榛莽未除的土山坡。若說地點荒涼，則月明之夕，或風雨之日，亦常有客到，大抵好友不嫌路遠，路遠乃見情誼。客來則先爬幾十級的土階，進得屋來

仍須上坡，因為屋內地板乃依山勢而鋪，一面高，一面低，坡度甚大，客來無不驚歎，我則久而安之，每日由書房走到飯廳是上坡，飯後鼓腹而出是下坡，亦不覺有大不便處。

「雅舍」共是六間，我居其二。篦牆不固，門窗不嚴，故我與鄰人彼此均可互通聲息。鄰人轟飲作樂，咿唔詩章，喁喁細語，以及鼾聲，噴嚏聲，吮湯聲，撕紙聲，脫皮鞋聲，均隨時由門窗戶壁的隙處蕩漾而來，破我岑寂。入夜則鼠子瞰燈，才一合眼，鼠子便自由行動，或搬核桃在地板上順坡而下，或吸燈油而推翻燭台，或攀援而上帳頂，或在門框桌腳上磨牙，使得人不得安枕。但是對於鼠子，我很慚愧的承認，我「沒有法子」。「沒有法子」一語是被外國人常常引用着的，以為這話最足代表中國人的懶惰隱忍的態度。其實我的對付鼠子並不懶惰。窗上糊紙，紙一戳就破；門戶關緊，而相鼠有牙，一陣咬便是一個洞洞。試問還有什麼法子？洋鬼子住到「雅舍」裏，不也是「沒有法子」？比鼠子更騷擾的是蚊子。「雅舍」的蚊風之盛，是我前所未見的。「聚蚊成雷」真有其事！每當黃昏時候，滿屋裏磕頭碰腦的全是蚊子，又黑又大，骨胳都像是硬的。在別處蚊子早已肅清的時候，在「雅舍」則格外猖獗，來客偶不留心，則兩腿傷處纍纍隆起如玉蜀黍，但是我仍安之。冬天一到，蚊子自然絕跡，明年夏天——誰知道我還是住在「雅舍」！

「雅舍」最宜月夜——地勢較高，得月較先。看山頭吐月，紅盤乍湧，一霎間，清光四射，天空皎潔，四野無聲，微聞犬吠，坐客無不悄然！舍前有兩株梨樹，等到月升中天，清光從樹間篩灑而下，地上陰影斑斕，此時尤為幽絕。直到興闌人散，歸房就寢，月光仍然逼進窗來，助我淒涼。細雨濛濛之際，「雅舍」亦復有趣。

推窗展望，儼然米氏章法，若雲若霧，一片瀰漫。但若大雨滂沱，我就又惶悚不安了，屋頂濕印到處都有，起初如碗大，俄而擴大如盆，繼則滴水乃不絕，終乃屋頂灰泥突然崩裂，焉然一聲而泥水下注，此刻滿室狼藉，搶救無及。此種經驗，已數見不鮮。

「雅舍」之陳設，只當得簡樸二字，但灑掃拂拭，不使有纖塵。我非顯要，故名公巨卿之照片不得入我室；我非牙醫，故無博士文憑張掛壁間；我不業理髮，故絲織西湖十景以及電影明星之照片亦均不能張我四壁。我有一几一椅一榻，酣睡寫讀，均已有着，我亦不復他求。但是陳設雖簡，我卻喜歡翻新佈置。西人常常譏笑婦人喜歡變更桌椅位置，以為這是婦人天性喜變之一徵。誣否且不論，我是喜歡改變的。中國舊式家庭，陳設千篇一律，正廳上是一條案，前面一張八仙桌，一邊一把靠椅，兩傍是兩把靠椅夾一隻茶几。我以為陳設宜求疏落參差之致，最忌排偶。「雅舍」所有，毫無新奇，但一物一事之安排佈置俱不從俗。人入我室，即知此是我室。笠翁《閒情偶寄》之所論，正合我意。

「雅舍」非我所有，我僅是房客之一。但思「天地者萬物之逆旅」，人生本來如寄，我住「雅舍」一日，「雅舍」即一日為我所有。即使此一日亦不能算是我有，至少此一日「雅舍」所能給予之苦辣酸甜我實躬受親嘗。劉克莊詞：「客裏似家家似寄。」我此時此刻卜居「雅舍」，「雅舍」即似我家。其實似家似寄，我亦分辨不清。

長日無俚，寫作自遣，隨想隨寫，不拘篇章，冠以「雅舍小品」四字，以示寫作所在，且誌因緣。

（選自《雅舍小品》，上海：上海書店，1987 年影印本）

旅行

梁實秋

　　我們中國人是最怕旅行的一個民族。鬧饑荒的時候都不肯輕易逃荒，寧願在家鄉吃青草啃樹皮吞觀音土，生怕離鄉背井之後，在旅行中流為餓莩，失掉最後的權益——壽終正寢。至於席豐履厚的人更不願輕舉妄動，牆上掛一張圖畫，看看就可以當「臥遊」，所謂「一動不如一靜」。說穿了「太陽下沒有新鮮事物」。號稱山川形勝，還不是幾堆石頭一汪子水？我記得做小學生的時候，郊外踏青，是一椿心跳的事，多早就籌備，起個大早，排成隊伍，擎着校旗，鼓樂前導，事後下星期還得作一篇「遠足記」，才算功德圓滿。旅行一次是如此的莊嚴！我的外祖母，一生住在杭州城內，八十多歲，沒有逛過一次西湖，最後才算去了一次，但是自己不能行走，抬到了西湖，就沒有再回來——葬在湖邊山上。

　　古人云，「一生能着幾兩屐？」這是勸人及時行樂，莫怕多費幾雙鞋。但是旅行果然是一椿樂事嗎？其中是否含着有多少苦惱的成分呢？

　　出門要帶行李，那一個幾十斤重的五花大綁的鋪蓋捲兒便是旅行者的第一道難關。要捆得緊，要捆得俏，要四四方方，要見棱見角，與稀鬆露餡的大包袱要迥異其趣，這已經就不是一個手無縛雞之力的人所能勝任的了。關卡上偏有好奇人要打開看看，看完之後便很難得再復原。「乘興而來，興盡而返。」很多人在打完鋪蓋捲

兒之後就覺得遊興已盡了。在某些國度裏，旅行是不需要攜帶鋪蓋的，好像凡是有牀的地方就有被褥，有被褥的地方就有隨時洗換的被單，──旅客可以無牽無掛，不必像蝸牛似的頂着安身的傢伙走路。攜帶鋪蓋究竟還容易辦得到，但是沒聽說過帶着牀旅行的，天下牀很少沒有臭蟲設備的。我很懷疑一個人於整夜輸血之後，第二天還有多少精神遊山逛水。我有一個朋友發明了一種服裝，按着他的頭軀四肢的尺寸做了一件天衣無縫的睡衣，人鑽在睡衣裏面，只留眼前兩個窟窿，和外界完全隔絕，──只是那樣子有些像是 KKK，夜晚出來曾經幾乎嚇死一個人！

原始的交通工具，並不足為旅客之苦。我覺得「滑竿」「架子車」都比飛機有趣。「禦風而行，冷然善也，」那是神仙生涯。在塵世旅行，還是以腳能着地為原則。我們要看朵朵的白雲，但並不想在雲際裏鑽出鑽進；我們要「橫看成嶺側成峰，遠近高低各不同」，但並不想把世界縮小成假山石一般玩物似的來欣賞。我惋惜米爾頓所稱述的中土有「掛帆之車」尚不曾坐過。交通工具之原始不是病，病在於舟車之不易得，車夫舟子之不易纏，「衣帽自看」固不待言，還要提防青紗帳起。劉伶「死便埋我」，也不是準備橫死。

旅行雖然夾雜着苦惱，究竟有很大的樂趣在。旅行是一種逃避，──逃避人間的醜惡。「大隱藏人海」，我們不是大隱，在人海裏藏不住。豈但人海裏安不得身？在家園也不容易遁跡。成年的圈在四合房裏，不必仰屋就要興歎；成年的看着家裏的那一張臉，不必牛衣也要對泣。家裏面所能看見的那一塊青天，只有那麼一大塊。取之不盡用之不竭的清風明月，在家裏都不能充分享用，要放風箏需要舉着竹竿爬上房脊，要看日升月落需要左右鄰居沒有遮

攔。走在街上，熙熙攘攘，磕頭碰腦的不是人面獸，就是可憐蟲。在這種情形之下，我們雖無勇氣披髮入山，至少為什麼不帶着一把牙刷捆起鋪蓋出去旅行幾天呢？在旅行中，少不了風吹雨打，然後倦飛知還，覺得「在家千日好，出門一時難」，這樣便可以把那不可容忍的家變成為暫時可以容忍的了。下次忍耐不住的時候，再出去旅行一次。如此的折騰幾回，這一生也就差不多了。

旅行中沒有不感覺枯寂的，枯寂也是一種趣味。哈茲利特（Hazlitt）主張在旅行時不要伴侶，因為：「如果你說路那邊的一片豆田有股香味，你的伴侶也許聞不見。如果你指着遠處的一件東西，你的伴侶也許是近視的，還得戴上眼鏡看。」一個不合意的伴侶，當然是累贅。但是人是個奇怪的動物，人太多了嫌鬧，沒人陪着嫌悶。耳邊嘈雜怕吵，整天咕嘟着嘴又怕口臭。旅行是享受清福的時候，但是也還想拉上個伴。只有神仙和野獸才受得住孤獨。在社會裏我們覺得面目可憎語言無味的人居多，避之唯恐或晚，在大自然裏又覺得人與人之間是親切的。到美國落磯山上旅行過的人告訴我，在山上若是遇見另一個旅客，不分男女老幼，一律脫帽招呼，寒暄一兩句。這是很有意味的一個習慣。大概只有在曠野裏我們才容易感覺到人與人是屬一門一類的動物，平常我們太注意人與人的差別了。

真正理想的伴侶是不易得的，客廳裏的好朋友不見得即是旅行的好伴侶，理想的伴侶須具備許多條件，不能太髒，如嵇叔夜「頭面常一月十五日不洗，不太悶癢不能沐」，也不能有潔癖，什麼東西都要用火酒揩，不能如泥塑木雕，如死魚之不張嘴，也不能終日喋喋不休，整夜鼾聲不已，不能油頭滑腦，也不能蠢頭呆腦，要有

説有笑，有動有靜，靜時能一聲不響的陪着你看行雲，聽夜雨，動時能在草地上打滾像一條活魚！這樣的伴侶那裏去找？

（選自《雅舍小品》，上海：上海書店，1987 年影印本）

骨董小記

周作人

　　從前偶然做了兩首打油詩，其中有一句云，老去無端玩骨董，有些朋友便真以為我有些好古董，或者還說有古玩一架之多。我自己也有點不大相信了，在苦雨齋裏仔細一查，果然西南角上有一個書櫥，架上放着好些——玩意兒。這書櫥的格子窄而且深，全櫥寬只一公尺三五，卻分作三份，每份六格，每格深二三公分，放了「四六判」的書本以外大抵還可空餘八公分，這點地方我就利用了來陳列小小的玩具。這總計起來有二十四件，現在列記於下。

　　一、竹製黑貓一，高七公分，寬三公分。竹製龍舟一，高八公分，長七公分，是一個友人從長崎買來送我的。竹木製香爐各一，大的高十公分，小者六公分，都從東安市場南門內攤上買來。

　　二、土木製偶人共九，均日本新製，有雛人形，博多人形，仿御所人形各種，有「暫」，「鳥邊山」，「道成寺」各景，高自三至十六公分。松竹梅土製白公雞一，高三公分。

　　三、面人三，隆福寺街某氏所製，魁星高六公分，孟浩然連所跨毛驢共高四公分，長眉大仙高四公分，孟浩然後有小童杖頭挑壺盧隨行，後有石壁，外加玻璃盒，價共四角。擱在齋頭已將一年，面人幸各無恙，即大仙細如蛛絲的白眉亦尚如故，真可謂難得也。

　　四、陶製舟一，高六公分，長十二公分，底有印曰一體庵。篷作草苫，可以除去，其中可裝柳木小剔牙籤，船頭列珊瑚一把，

蓋系「寶船」也。又貝殼舟一，像舟人着簑笠持篙立筏上，以八稜牙貝九個，三貝相套為一列，三列成筏，以瓦楞子作簑，梅花貝作笠，黃核貝作舟人的身子，篙乃竹枝。今年八月遊江之島，以十五錢買得之，雖不及在小湊所買貝人形「挑水」之佳，卻也別有風致，蓋挑水似豔麗的人物畫，而此船則是水墨山水中景物也。

五、古明器四，碓灶豬人各一也。碓高二公分，寬四公分，長十三公分。灶高八公分半，寬九公分。豬高五公分，長十一公分。人高十二公分。大抵都是唐代製品，在洛陽出土的。又自製陶器花瓶一，高八公分，中徑八公分，上下均稍小，題字曰：忍過事堪喜，甲戌八月十日在江之島書杜牧之句製此，知堂。底長方格內文曰，苦茶庵自用品。其實這是在江之島對岸的片瀨所製，在素坯上以破筆蘸藍寫字，當場現燒，價二十錢也。

六、方銅鏡一，高廣各十一公分，背有正書銘十六字，文曰：既虛其中，亦方其外，一塵不染，萬物皆備。其下一長方印，篆文曰薛晉侯造。

總算起來，只有明器和這鏡可以說是古董。薛晉侯鏡之外還有一面，雖然沒有放在這一起，也是我所喜歡的。鏡作葵花八瓣形，直徑寬處十一公分半，中央有長方格，銘兩行曰：湖州石十五郎煉銅照子。明器自羅振玉的《圖錄》後已著於錄，薛石的鏡子更是文獻足徵了。汪曰楨《湖雅》卷九云：

> 《烏程劉志》：湖之薛鏡馳名，薛杭人而業於湖，以磨鏡必用湖水為佳。案薛名晉侯，字惠公，明人，向時稱薛惠公老店，在府治南宣化坊。

又云：

> 《西吳枝乘》：鏡以吳興為良，其水清洌能發光也。予在婺
> 源購得一鏡，水銀血斑滿面，開之止半面，光如上弦之月。背
> 鑄字兩行云，湖州石十三郎自照青銅鑑子，十二字，乃唐宋殉
> 葬之物也。鏡以鑑子名，甚奇。案宋人避敬字嫌名，改鏡曰照
> 子，亦曰鑒子，鑑即鑒之省文，何足為異。此必宋製，與唐無
> 涉，且明云自照，乃生時所用，亦非殉葬物也。

梁廷楠《藤花亭鏡譜》卷四亦已錄有石氏製鏡，文曰：

> 南唐石十姐鏡：葵花六瓣，全體平素，右作方格而中分之，
> 識分兩行，凡十有二字，正書，曰，湖州石十姐摹練銅作此照
> 子。予嘗見姚雪逸司馬衡藏一器，有柄，識曰，湖州石念二叔
> 照子。又見兩拓本，一云，湖州石千五郎煉銅照子，一云，湖
> 州石十四郎作照子，並與此大同小異，此云十姐，則石氏兄弟
> 姊妹咸擅此技矣。云照子者亦唯石氏有之，古不過稱鑒稱鏡而
> 已。石氏南唐人，據姚司馬考之如此。

南唐人本無避宋諱之理，且湖州在宋前也屬吳越，不屬南唐，梁氏
自己亦以為疑，但深信姚司馬考據必有所本，定為南唐，未免是千
慮一失了。

但是我總還不很明白骨董究竟應該具什麼條件。據說骨董原來
只是說古器物，那麼凡是古時的器物便都是的，雖然這時間的問題
也還有點麻煩。例如巨鹿出土的宋大觀年代的器物當然可以算作骨
董了，那些陶器大家都知寶藏，然而午門樓上的板桌和板椅真是歷

史上的很好材料，卻總沒法去放在書房裏做裝飾，固然難找得第二副，就是想放也是枉然。由此看來，古器物中顯然可以分兩部分，一是古物，二仍是古物，但較小而可玩者，因此就常被稱為古玩者是也。鏡與明器大抵可以列入古玩之部罷，其餘那些玩物，可玩而不古，那麼當然難以冒扳華宗了。古玩的趣味，在普通玩物之上又加上幾種分子。其一是古。古的好處何在，各人說法不同，要看他是哪一類的人。假如這是宗教家派的復古家，古之所以可貴者便因其與理想的天國相近。假如這是科學家派的考古家，他便覺得高興，能夠在這些遺物上窺見古時生活的一瞥。不佞並不敢自附於那一派，如所願則還在那別無高古的理想與熱烈的情感的第二種人。我們看了宋明的鏡子未必推測古美人的梳頭匀面，「頗涉遐想」，但借此知道那時照影用的是有這一種式樣，就得滿足，於形色花樣之外又增加一點興味罷了。再說古玩的價值其二是稀。物以稀為貴，現存的店舖還要標明只此一家以見其名貴，何況古物，書誇孤本，正是應該。不過在這一點上我不甚贊同，因為我所有的都是常有多有的貨色，大抵到每一個古董攤頭去一張望即可發見有類似品的。此外或者還可添加一條，其三是貴。稀則必貴，此一理也。貴則必好，大官富賈買古物如金剛寶石然，此又一理也。若不佞則無從措辭矣，贊成乎？無錢；反對乎？殆若酸蒲桃。總而言之，我所有的雖也難説賤卻也決不貴。明器在國初幾乎滿街皆是，一個一隻洋耳，鏡則都在紹興從大坊口至三埭街一帶地方得來，在銅店櫃頭雜置舊鎖鑰匙小件銅器的匣中檢出，價約四角至六角之譜，其為我買來而不至被烊改作銅火爐者，蓋偶然也。然亦有較貴者，小偷阿桂攜來一鏡，背作月宮圖，以一元買得，此鏡《藤花亭譜》亦著錄，定為唐製，但今已失去。

玩骨董者應具何種條件？此亦一問題也。或曰，其人應極舊。如是則表裏統一，可以養性。或曰，其人須極新。如是則世間諒解，可以免罵。此二說恐怕都有道理，不佞不能速斷。但是，如果二說成立其一，於不佞皆大不利，無此資格而玩骨董，不佞亦自知其不可矣。

二十三年十月

（選自《苦茶隨筆》，上海：北新書局，1935 年）

假山

葉聖陶

佩弦到蘇州來，我陪他看了幾個花園。花園都有假山，作為園子的主要部分。假山下大都是荷花池。亭台軒榭之類就環拱着假山和池塘佈置起來。佩弦雖是中年人，而且身子比較胖，卻還有小孩的心性，看見假山總想爬。我是幼年時候爬熟了這幾座假山了，現在再沒有這種興致，只是坐定在一處地方對着假山看看而已。

假山實在算不得一件好看的東西。亂石塊堆疊起來，高高低低，凹凹凸凸，且不說天下決沒有這樣的山，單說陽光照在上面，明一塊，暗一塊，支離破碎，看去總覺得不順眼。石塊與石塊的膠黏處不能不顯出一些痕跡，舊了的還好，新修的用了水門汀，一道道僵白色真令人難受。玄墓山下有一景，叫做「真假山」，是山腳露出一些石塊，有洞穴，有皺襞，宛如用湖石堆成的一般。膠黏的痕跡自然沒有，走近去看還可以鑒賞山石的「皺法」。然而合着玄墓山一起看，這反而成為一個破綻，跟全山的調子不協調。可觀的「真假山」，依我的淺見，要算太湖中洞庭西山的石公山了。那裏全山是湖石，洞穴和皺襞俯拾即是，可是渾然一氣。又有幾十丈高的幛壁，比虎丘「千人石」大得多的石灘，真當得上「雄奇」二字。看了石公山再來看花園裏的假山，只覺得是不知哪一個石匠把他的石料寄存在這裏罷了。

假山上大都種樹木，蓋亭子。往往整個假山都在樹木的蔭蔽之下，而株數並不多，少的簡直只有一株。亭子裏總得擺一張石桌，可以圍坐幾個人，一座亭子鎮壓着整個所謂「山峰」也是常有的事。這就顯得非常不相稱。你着眼在山一方面，樹木和亭子未免太大了，如果着眼在樹木和亭子一方面，山又未免小得可笑了。《浮生六記》裏的《閒情記趣》開頭說：

> 留蚊於素帳中，徐噴以煙，使其沖煙飛鳴，作青雲白鶴觀，果如鶴唳雲端，怡然稱快。於土牆凹凸處，花台小草叢雜處，常蹲其身，使與台齊，定神細觀。以叢草為林，以蟲蟻為獸，以土礫凸者為丘，凹者為壑，神遊其中，怡然自得。

這不失為很好的幻想。作者所以能「怡然稱快」，「怡然自得」，在乎比擬得相稱。以煙為雲，自不妨以蚊為鶴；以叢草為樹林，以土礫為丘壑，自不妨以蟲蟻為走獸。假若在蚊帳中「徐噴以煙」，而捕一隻麻雀來讓它逃來逃去，或者以叢草為樹林，而讓一隻貓蹲在叢草之上，這就凝不成「青雲白鶴」和「林壑幽深」的幻想，也就無從「怡然」了。假山上長着大樹，蓋着亭子，情形正跟上面所說的相類。不相稱的東西硬湊在一起，只使人覺得是大樹長在亂石堆上，亭子蓋在亂石堆上而已。

據說假山在花園中起障蔽的作用。如果全園的景物一目了然，東邊望得到西邊，南邊望得到北邊，那就太不曲折，太沒有深致了。有假山障蔽着，峰迴路轉，又是一番景象，這才引人入勝。這個話當然可以承認，而且有一些具體的例子證明這個作用的價值。顧家的怡園，靠西一帶假山把全園的景物遮掩了，你走到假山的西邊去，迴廊和旱船顯得異常幽靜，假山下的一灣水好像是從遠處的

泉源通過來的（其實就是荷花池中的水），引起你的遐想。還有，拙政園的進園處類似從前衙署中的二門，如果門內留着空曠處所，從園中望出來就非常難看。當初設計的人為彌補這個缺陷，在門內堆了一座假山，使你身在園中簡直看不見那一道門。可見假山的障蔽作用確有它的價值。然而障蔽不一定要用假山。在園林建築上，花牆極受重視，也為它的障蔽作用。牆上砌成各式各樣的鏤空圖案，透着光，約略看得見隔牆的景物。這種「隔而不隔」的手法，假若使用得適當，比較堆假山作障蔽更有意思。此外，叢樹也可以作障蔽之用。修剪得法，一叢樹木還可以當一幅畫看。用假山，固然使花園增加了曲折和深致，但是也引起了一堆亂石之感。利弊相較，孰輕孰重，正難斷言。

　　依傳統說法，假山並不重在真有山林之趣，假山本來是假山。路徑的盤曲，層次的繁複，凡是山上所有的景物，如絕壁，危梁，岩洞，石屋，應有盡有，正合「麻雀雖小，五臟俱全」的諺語，在這等地方，顯出設計的人的匠心。而假山的可貴也就在此。有名的獅子林，大家都說它了不起，就為那假山具有上面所說的那些條件。我小時候還沒到過獅子林，長輩告訴我說，那裏的假山曲折得利害，兩個人同在山上，看也看得見，手也握得着，但是他們要走到一條路上，還得待小半天呢。後來我去了，雖然不至於小半天，走走的確要好些時間。沿着高下屈曲的路徑走，一路上遇見些「具體而微」的山上應有的景物。總之是層次多，阻隔多。就從這個訣竅，產生了兩個人看得見而不能立刻碰頭的效果。要堆這樣一座假山當然不是容易事，不比建築整整齊齊的房屋，可以預先打好平面和剖面的圖樣。這大概是全憑胸中的一點意象，堆上了，看看不對就卸下，卸下了，想停當了，再堆上，這樣精心經營，直到完工才

得休歇。然而不容易的事不一定做成功具有藝術價值的東西。在芝麻大的一粒象牙上刻一篇《陋室銘》，難是難極了，可是這東西終於是工匠的製品，無從列入藝術之林。你在假山上爬來爬去，只覺得前後左右都是石塊，逼窄得很。遇見一些峭壁懸崖，你得設想自己縮到一隻老鼠那樣小才有味。如果你忘不了自己是個人，讓軀體跟峭壁懸崖對照，那就像走進了小人國一般，峭壁懸崖再沒有什麼氣魄，只見得滑稽可笑了。爬到「絕頂」的時候，且不說一覽宇宙之大，你總要想來一下寬廣的眺望吧。但是糟得很，什麼堂什麼軒的屋頂就擠在你眼前，你可以辨認那遺留在瓦楞上的雀糞。真山真水若是自然手創的藝術品，假山便是人類的難能而不可貴的「匠」製。凡是可以從真山真水得到的趣味，假山完全沒有。

看既沒有可看，爬又無甚意趣，為什麼花園裏總得堆一座假山呢？山不可移。疊起一堆亂石來硬叫它山，石塊當然不會提抗議。而主人翁便怡然自得，心裏想：「萬物皆備於我矣，我的花園裏甚至有了山。」舒服得無可奈何的人往往喜愛「萬物皆備於我」，古董，珍寶，奇花，異卉，美人，聲伎，樣樣都要，豈可獨缺名山？堆了假山，雖然眼中所見的到底不是山，而心中總之有了山了，於是並無遺憾。興到時吟吟詩，填填詞，盡不妨誇張一點兒，「蒼崖千丈」呀，「雲氣連山」呀，寫上一大套徵求吟台酬和，作為消閒的一法。這不過隨便揣想罷了，從前的紳富愛堆假山究竟是這個意思不是，當然不能說定。

(選自《葉聖陶散文（甲集）》，成都：四川人民出版社，1983 年)

天冬草

吳伯簫

　　彷彿是從兒時就養成了的嗜好：喜歡花，喜歡草。喜歡花是喜歡它含苞時的嬌嫩，同初放時的豔麗芬芳。喜歡草則是喜歡那一脈新鮮爽翠的綠同一股野生生蓬勃的氤氳。我還沒見過靈芝，也伺候不了蘭茝之類，坡野裏叢生漫延的野草而外，以冬夏長青為記，我喜歡天冬。

　　喜歡天冬，要以初次見了天冬的那次始。說來就須回矚遠遠的過去了。那還是冬天，在一座花園的客廳裏，圍爐閒話的若干人中有着園主的姑娘在。她是光豔照人的，印象像一朵春花，像夏夜的一顆星，所以還記得清楚。記得清座邊是茶几，隔了茶几擺得琳琅滿目的是翡翠屏，是透剔精工的楷木如意，是漆得亮可鑒人的七弦琴。而外，再就是那麼幾架盆栽了。記得先是細葉分披的長長垂條惹了我的注意，又看見垂條間點綴了粒粒滾圓的紅豆，好奇，因而就問起座側光豔的人來：

　　「是什麼草？」

　　「這紋竹麼？──噢，叫天冬草呢。」

　　「可是冬夏長青的？」

　　「嗯，正是，冬夏長青的。」

　　「結種子的吧？」

「啊，結種子。這紅豆就是。」

「紅豆？『紅豆生南國，春來發幾枝』，可就是這──？」那邊略一遲疑，微微紅了臉，像笑出來了幾個字似的說：「大概不是。」

「總會種了就出吧？請摘我幾顆。」

就那樣從水蔥般的指端接過來，握了一把珊瑚色珠圓的種子，天冬與我結了緣。於今，轉眼已是十年了。望回去多麼渺茫想來又多麼迅速的歲月啊！聽說那花園的姑娘早已出了閣，並已是兩個寶寶的母親了呢。

在故都，廠甸，毗連的書肆堆裏，我曾有過一爿很像樣的書齋來着。屋一門兩窗；同別人分擔也有個恰恰長得開一株老槐樹的小小庭院。屋裏兩三架書，桌一几一，數把雜色坐椅。為粉飾趣味，牆上掛了幾幅圖畫；應景兒跟了季節變化也在花瓶水盂裏插幾枝桃杏花，散亂的擺幾盆擔子上買的秋菊之類。雖說如此那自春及冬稱得起長期伴侶的卻是一盆天冬草哩。

提起那盆天冬，也是有來歷的。原初一個柔性朋友，脂粉書報之暇，很喜好玩那麼幾樣小擺設，窗頭牀頭放幾棵青草紅花。人既細心，又漂亮，花草都彷彿替她爭光，賺面子；凡經她親手調理出來的，無不喜笑顏開帶一副欣欣向榮生氣。她有的一棵天冬，就是早早替她結了纍纍紅豆抽了長長枝條的。可是，也許花草無緣吧，有那麼一個時期，忽然那漂亮人像喜歡了一株大樹似的喜歡了一個男子起來，並且慢慢的弄得廢寢忘食，這是很神秘的：男，女，儘管相隔了千里遠，或竟智愚別於天淵，就是一個美得像帶翅膀的天使，一個醜得像地獄裏的鬼，可是不知怎麼有那麼一朝一日，悄悄

的他們就會靠攏了來哩。甚而好得像迅雷緊跟了電光的一般。巧婦笨男，俊男醜婦，是如此撮合的吧。這也是妒嫉的根源。——一邊親近，另一邊就疏遠，直到漂亮人去同那「大樹」度蜜月的時候，屋裏花草就成了九霄雲外的玩藝了。未能忘情，她才一一替它另找了主，分送了朋友。結果我有的就是那盆天冬。

一則自己愛好，再則也算美人之遺，那盆天冬，就在那一個冬天得了我特別的寵幸。施肥哩依時施肥，灌溉哩勤謹灌溉。梳理垂條，剪摘黃葉，那愛護勝過了自己珍藏的一枝羽箭，同座右那張皺眉苦思的貝多芬像哩。朋友來，總喜歡投主人所好，要竭力稱讚那天冬，並將話遠遠牽到那前任的園丁身上，扯多少酸甜故事。因此，天冬在朋友當中便有了另一番情趣。那綠條紅豆間也就常常晃着一個渺不可企的美的影子了。

今天賣花擔上新買了一盆天冬，又將舊衣服——許多往事——給倒了一回箱。實在說，這是多事的。你看，那伊人的饋贈呢？那好人兒呢？那一幫熱得分不開的夥計呢？噲！最怕吹舊日的好風啊！

現在，且將一盆天冬擺下，書室裏也安排個往日的樣子罷。管它外面偷偷擠來又偷擠去的是魑魅還是魍魎哩，進屋來好好收拾一下殘夢要緊。敝帚千金，自己喜歡的就是異珍。出了門，儘管是千萬個人的奴隸，關起門來，卻是無冕的皇帝哩。怎麼，有天冬草在，我便有壯志，便有美夢，便有作伴麗人；書，文章，愛情友誼也有吧，自己就是宇宙了呢。怎麼樣？小氣的人啊，你瞧這天冬草！

人，往往為了小人伎倆而忿慨，碰了壁便喪氣灰心，其實幹麼呢？木石無知，小人非人，為什麼要希冀糞土裏會掏得出金呢？與其有閒去盼黃河水清，烏鴉變白，還是憑了自己的力去鑿一注清流

養一群白鴿的好。煩人的事先踢開，且禱祝着心長青，有如座側天冬草；並以天冬草紅豆作證，給一切抑鬱人鋪襯一條坦蕩的路吧。

三四年八月廿八日，萬年兵營雨夜

（選自《吳伯簫散文選》，北京：人民文學出版社，1983 年）

小動物們

老舍

　　鳥獸們自由的生活着，未必比被人豢養着更快樂。據調查鳥類生活的專門家説，鳥啼絕不是為使人愛聽，更不是以歌唱自娛，而是佔據獵取食物的地盤的示威；鳥類的生活是非常的艱苦。獸類的互相殘食是更顯然的。這樣，看見籠中的鳥，或柙中的虎，而替它們傷心，實在可以不必。可是，也似乎不必替它們高興；被人養着，也未盡舒服。生命彷彿是老在魔鬼與荒海的夾縫兒，怎樣也不好。

　　我很愛小動物們。我的「愛」只是我自己覺得如此；到底對被愛的有什麼好處，不敢説。它們是這樣受我的恩養好呢，還是自由的活着好呢？也不敢説。把養小動物們看成一種事實，我才敢説些關於它們的話。下面的述説，那麼，只是為述説而述説。

　　先説鴿子。我的幼時，家中很貧。説出「貧」來，為是聲明我並養不起鴿子；鴿子是種費錢的活玩藝兒。可是，我的兩位姐丈都喜歡玩鴿子，所以我知道其中的一點兒故典。我沒事兒就到兩家去看鴿，也不短隨着姐丈們到鴿市去玩；他們都比我大着二十多歲。我的經驗既是這樣來的，而且是幼時的事，恐怕説得不能很完全了；有好多鴿子名已想不起來了。

　　鴿的名樣很多。以顏色説，大概應以灰、白、黑、紫為基本色兒。可是全灰全白全黑全紫的並不值錢。全灰的是樓鴿，院中撒些米就會來一群；物是以缺者為貴，樓鴿太普羅。有一種比樓鴿小，

灰色也淺一些的，才是真正的「灰」；但也並不很貴重。全白的，大概就叫「白」吧，我記不清了。全黑的叫黑兒，全紫的叫紫箭，也叫豬血。

豬血們因為羽色單調，所以不值錢，這就容易想到值錢的必是雜色的。雜色的種類多極了，就我所知道的——並且為清楚起見——可以分作下列的四大類：點子、烏、環、玉翅。點子是白身腔，只在頭上有手指肚大的一塊黑，或紫；尾是隨着頭上那個點兒，黑或紫。這叫作黑點子和紫點子。烏與點子相近，不過是頭上的黑或紫延長到肩與胸部。這叫黑烏或紫烏。這種又有黑翅的或紫翅的，名鐵翅烏或銅翅烏——這比單是烏又貴重一些。還有一種，只有黑頭或紫頭，而尾是白的，叫作黑烏頭或紫烏頭；比烏的價錢要賤一些。剛才說過了，烏的頭部的黑或紫毛是後齊肩，前及胸的。假若黑或紫毛只是由頭頂到肩部，而前面仍是白的，這便叫作老虎帽，因為很像廿年前通行的風帽；這種確是非常的好看，因而價值也就很高。在民國初年，興了一陣子藍烏和藍烏頭，頭尾如烏，而是灰藍色兒的。這種並不好看，出了一陣子鋒頭也就拉倒了。

環，簡單的很：全白而項上有一黑圈者叫墨環；反之，全黑而項上有白圈者是玉環。此外有紫環，全白而項上有一紫環。「環」這種鴿似乎永遠不大高貴。大概可以這麼說，白尾的鴿是不易與黑尾或紫尾的相抗，因為白尾的飛起來不大美。

玉翅是白翅邊的。全灰而有兩白翅是灰玉翅，還有黑玉翅、紫玉翅。所謂白翅，有個講究：翅上的白翎是左七右八。能夠這樣，飛起來才正好，白邊兒不過寬，也不過窄。能生成就這樣的，自然很少，所以鴿販常常作假，硬插上一兩根，或拔去些，是常有的事。

這類中又有變種：玉翅而有白尾的，比如一隻黑鴿而有左七右八的白翅翎，同時又是白尾，便叫作三塊玉。灰的、紫的也能這樣。要是連頭也是白的呢便叫作四塊玉了。四塊玉是較比有些價值的。

在這四大類之外，還有許多雜色的鴿，如鶴袖，如麻背，都有些價值，可不怎麼十分名貴。在北平，差不多是以上述的四大類為主。新種隨時有，也能時興一陣，可都不如這四類重要與長遠。

就這四大類說，紫的老比別的顏色高貴。紫色兒不容易長到好處，太深了就遭豬血之誚，太淺了又黃不唧的寒酸。況且還容易長「花了」呢，特別是在尾巴上，翎的末端往往露出白來，像一塊癬似的，把個尾巴就毀了。

紫以下便是黑，其次為灰。可是灰色如只是一點，如灰頭、灰環，便又可貴了。

這些鴿中，以點子和烏為「古典的」。它們的價值似乎永遠不變，雖然普通，可是老是鴿群之主。這麼說吧，飛起四十隻鴿，其中有過半的點子和烏，而雜以別種，便好看。反之，則不好看。要是這四十隻都是點子，或都是烏，或點子與烏，便能有頂好的陣容。你幾乎不能飛四十隻環或玉翅。想想看吧：點子是全身雪白，而有個黑或紫的尾，飛起來像一群玲瓏的白鷗；及至一翻身呢，那裏或紫的尾給這輕潔的白衣一個色彩深厚的裙兒，既輕妙而又厚重。假若是太陽在西邊，而東方有些黑雲，那就太美了：白翅在黑雲下自然分外的白了；一斜身兒呢，黑尾或紫尾——最好是紫尾——迎着陽光閃起一些金光來！點子如是，烏也如是。白尾巴的，無論長得多麼體面，飛起來沒這種美妙，要不怎麼不大值錢呢。鐵翅烏或銅翅烏飛起來特別的好看，像一朵花，當中一塊白，

前後左右都鑲着黑或紫，他使人覺得安閒舒適。可是銅翅烏幾乎永遠不飛，飛不起，賤的也得幾十塊錢一對兒吧。玩鴿子是滿天飛洋錢的事兒，洋錢飛起卻是不如在手裏牢靠的。

可是，鴿子的講究兒不專在飛，正如女子出頭露臉不專仗着能跑五十米。它得長得俊。先說頭吧，平頭或峰頭（峰讀如鳳；也許就是鳳，而不是峰，）便決定了身價的高低。所謂峰頭或鳳頭的，是在頭上有一撮立着的毛；平頭是光葫蘆。自然鳳頭的是更美，也更貴。峰——或鳳——不許有雜毛，黑便全黑，紫便全紫，攙着白的便不夠派兒。它得大，而且要像個荷包似的向裏包包着。鴿販常把峰的雜毛剔去，而且把不像荷包的收拾得像荷包。這樣收拾好的峰，就怕鴿子洗澡，因為那好看的頭飾是用膠黏的。

頭最怕雞頭，沒有腦杓兒，楞頭磕腦的不好看。頭須像算盤子兒，圓忽忽的，豐滿。這樣的頭，再加上個好峰，便是標準美了。

眼，得先說眼皮。紅眼皮的如害着眼病，當然不美。所以要強的鴿子得長白眼皮。寬寬的白眼皮，使眼睛顯着大而有神。眼珠也有講究，豆眼、隔棱眼，都是要不得的。可惜我離開鴿子們已念多年，形容不上來豆眼等是什麼樣子了；有機會到北平去住幾天，我還能把它們想起來，到鴿市去兩趟就行了。

嘴也很要緊。無論長得多麼體面的鴿，來個長嘴，就算完了事。要不怎麼，有的鴿雖然很缺少，而總不能名貴呢；因為這種根本沒有短嘴的。鴿得有短嘴！厚厚實實的，小墩子嘴，才好看。

頭部以外，就得論羽毛如何了。羽毛的深淺，色的支配，都有一定的。老虎帽的帽長到何處，虎頭的黑或紫毛應到胸部的何處，都不能隨便。出一個好鴿與出一個美人都是歷史的光榮。

身的大小，隨鴿而異。羽色單調一些的，像紫箭等，自然是愈大愈蠢，所以以短小玲瓏為貴。像點子與烏什麼的，個子大一點也不礙事。不過，嘴兒短，長得嬌秀，自然不會發展得很粗大了，所以美麗的鴿往往是小個兒。

小個子的，長嘴兒的，可也有用處。大個子的身強力壯翅子硬，能飛，能尾上戴鴿鈴，所以它們是空中的主力軍。別的鴿子好看，可供地上玩賞；這些老粗兒們是飛起來才見本事，故爾也還被人愛。長翅兒也有用，孵小鴿子是它們的事：它們的嘴長，「噴」得好——小鴿不會自己吃東西，得由老鴿嘴對嘴的「噴」。再說呢，噴的時候，老的胸部羽毛便糙了；誰也不肯這麼犧牲好鴿。好鴿下的蛋，總被人拿來交與醜鴿去孵，醜鴿本來不值錢，身上糙舊一點也沒關係。要作鴿就得美呀，不然便很苦了。

有的醜鴿，彷彿知道自己的相貌不揚，便長點特別的本事以與美鴿競爭。有力氣戴大鴿鈴便是一例。可是有力氣還不怎樣新奇，所以有的能在空中翻跟頭。會翻跟頭的鴿在與朋友們一塊飛起的時候，能飛着飛着便離群而翻幾個跟頭，然後再飛上去加入鴿群，然後又獨自翻下來。這很好看，假若他是白色的，就好像由藍空中落下一團雪來似的。這種鴿的身體很小，面貌可不見得美。他有個標幟，即在項上有一小撮毛兒，倒長着。這一撮倒毛兒好像老在那兒說：「你瞧，我會翻跟頭！」這種鴿還有個特點，腳上有毛兒，像諸葛亮的羽扇似的。一走，便撲嗏撲嗏的，很有神氣。不會翻跟頭的可也有時候長着毛腳。這類鴿多半是全灰全白或全黑的。羽毛不佳，可是有本事呢。

為養毛腳鴿，須蓋灰頂的房，不要瓦。因為瓦的棱兒往往傷了毛腳而流出血來。

哎呀！我說「先説鴿子」，已經三千多字了，還沒説完！好吧，下回接着説鴿子吧，假若有人愛聽。我的題目《小動物們》，似乎也有加上個「鴿」的必要了。

（原載《人間世》第 24 期，1935 年 3 月）

小動物們（鴿）續

老舍

　　養鴿正如養魚養鳥，要受許多的辛苦。「不苦不樂」，算是説對了。不過，養魚養鳥較比養鴿還和平一些；養鴿是鬥氣的事兒。是，養鳥也有時候嘔氣，可鳥兒究竟是在籠子裏，跟別的鳥沒有直接的接觸。鴿子是滿天飛的。張家的也飛，李家的也飛，飛到一處而裏亂了是必不可免的。這就得打架。因此，玩別的小玩藝用不着法律，養鴿便得有。這些法律雖不是國家頒佈的，可是在玩鴿的人們中間得遵守着。比如説吧，我開始養鴿子，我就得和四鄰的「鴿家」們開談判。交情好的呢，可以規定：彼此誰也不要誰的鴿；假若我的鴿被友家裏了去，他還給我送回來；我對他也這樣。這就免去許多戰爭。假若兩家説不來呢，那就對不起了，誰得着是誰的，戰爭可就無可避免了。有這樣的敵人，養鴿等於鬥氣。你不飛，我也不飛；你的飛起來，我的也馬上飛起去，跟你「撞」！「撞」很過癮，兩個鴿陣混成一團，合而復分，分而復合；一會兒我「拉過」你的來，一會兒你又「拉過」我的去，如看拔河一樣起勁。誰要是能「得過」一隻來，落在自己的房上，便設法用糧食引誘下來，算作自己的戰勝品。可是，俘虜是在房上，時時可以飛去；我可就下了毒手，用弩打下來，假若俘虜不受引誘而要逃走。打可得有個分寸，手法要好，講究恰好打在——用泥彈——鴿的肩頭上。肩頭受傷，沒有性命的危險，可是失了飛翔的能力。於是滾下房來，我用

網接住;將養幾天,便能好過來。手法笨的,彈中胸部,便一命嗚呼;或是彈子虛發,把鴿驚走,是謂洩氣。

「撞」實過癮,可也彆扭,我沒法訓練新鴿與小鴿了。新鴿與小鴿必須有相當的訓練才認識自己的家,與見陣不迷頭。那麼,我每放起鴿去,敵人也必調動人馬,那我簡直沒有訓練新軍的機會;大膽放出生手,準保叫人家給拉了去。於是,我得早早的起,斂旗息鼓的,一聲不出的,去操練新軍。敵人也會早起呀,這才真叫嘔氣!得設法說和了,要不然簡直得出人命了。

哼,說和卻不容易。比如我只有三十隻能征慣戰的鴿,而敵人有八十隻,他才不和我開和平會議呢。沒辦法,乾脆搬家吧。對這樣的敵人,萬幸我得過他一隻來,我必定拿到鴿市去賣;不為錢,為是羞辱他。他也準知道我必到鴿市去,而托鴿販或旁人把那隻買回去,他自己沒臉來和我過話。

即使沒這種戰爭,養鴿也非養氣之道;鴿時時使你心跳。這麼說吧,我有點事要出門,剛走到巷口,見天上有隻鴿,飛得兩翅已疲,或是驚惶不定,顯係飛迷了頭;我不能漏這個空,馬上飛跑回家,放起我的鴿來裹住這隻寶貝。有天大的事也得放下。其實得到手中,也許是隻最老醜的糟貨,可是多少是個幸頭,不能輕易放過。養鴿的人是「滿天飛洋錢,兩腳踩狗屎」,因為老仰首走路也。

訓練幼鴿也是很難放心的事,特別是經自己的手孵出來的。頭幾次飛,簡直沒把握,有時候眼看着你自己家中孵出的幼鴿,飛到別家去,其傷心不亞於丟失了兒女。

最難堪的是鬧「鴉虎子」。「鴉虎子」是一種小鷹,秋冬之際來駐北平,專欺侮鴿子。在這個時節,養鴿的把鴿鈴都撤下來,

以免鴉虎聞聲而來，在放鴿以前，要登高一望，看空中有無此物。及至鴿已飛起，而神氣不對，忽高忽低，不正經着飛，便應馬上「墊」起一隻，使大家落下，以免危險；大概遠處有了那個東西。不幸而鴉虎已到，那只有跺腳，而無辦法。鴉虎子捉鴿的方法是把鴿群「托」到頂高，高得幾乎像燕子那麼小了，它才繞上去，單捉一隻。它不忙，在鴿群下打旋，鴿們只好往高處飛了。愈飛愈高，愈飛愈乏；然後鴉虎猛的往高處一鑽，鴿已失魂，緊跟着它往下一「砸」，群鴿屁滾尿流，一直的往下掉。可是鴉虎比它們快。於是空中落下一些羽毛，它捉住一隻，找清靜地方去享受。其餘的幸得逃命，不擇地而落，不定都落在哪裏去呢！幸而有幾隻碰運氣落在家中的房上，亦只顧喘息，如杲如痴，非常的可憐。這個，從始至終，養鴿的是目不敢瞬的看着；只是看着，一點辦法沒有！鴉虎已走，養鴿的還得等着，等着失落的鴿們回來。一會兒飛回來一隻，又待一會兒又回來一隻。可是等來等去，未必都能回來，因驚破了膽的鴿是很容易被別家得去的。檢點殘軍，自歎晦氣，堂堂七尺之軀會幹不過個小小的鴉虎子！

　　普通的飛法是每天飛三次，每飛一次叫作「一翅兒」。三次的支配大概是每日的早晚中三時，這隨天氣的冷暖而變動。夏日太熱，早晚為宜，午間即不放鴿；冬日自然以午間為宜，因為暖和些。夏天的鴿陣最好看，高處較涼一些，鴿喜高飛；而且沒有鴉虎什麼的，鴿飛得也穩；鴉虎是到別處去避暑了。每要飛一翅兒，是以長竿——竿頭拴些碎布或雞毛——一揮，鴿即飛起。飛起的都是熟鴿，不怕與別家的「撞」。其中最強者，尾繫鴿鈴，為全軍奏樂。飛起來，先擦着房，而後漸次高升，以家中為中心來回的旋轉。鴿不在多少，飛起來講究尾彩配合的好，「盤兒」——即鴿

陣——要密，彼此的距離短而旋轉得一致。這樣有盤兒有精神，悅目。盤兒大而鬆懈，東一個西一個的亂飛，則招人譏誚。當盤兒飛到相當的時間，則當把生鴿或幼鴿擲於房上，盤兒見此，則往下飛。如欲訓練生鴿或幼鴿，即當盤兒下落之際續入，隨盤兒飛轉幾圈，就一齊落於房上，以免丟失。以一鴿或二鴿擲於房上，招盤兒下來，叫做「墊」。

老鴿不限於隨盤兒飛，有時被主人攜到十數里之外去放，仍能飛回來。有時候賣出去，過一兩月還能找到了老家。

養鴿的人家，房脊上擺琉璃瓦兩三塊，一黃二綠，或二綠一黃，以作標幟。鴿們記得這個顏色與擺法，即不往生地方落。

新鴿買來，用線攏住翅兒，以防飛走。過幾天，把翅兒鬆開些，使能打撲嚕而不能高飛，擲之房上，使它認識環境。再過幾天，看鴿性是強烈還是溫柔而決定鬆綁的早晚。老鴿綁的日久，幼鴿綁的期短。鬆綁以後，就可以試着訓練了。

鴿食很簡單，通常都用高粱。到換毛的時候或極冷的時候才加些料豆兒。每天餵鴿最好有一定的次數。

住處也不須怎麼講究，普通的是用葦紮成個柵子，柵裏再砌起窩來，每一窩放一草筐，夠一對鴿住的。最要緊的是要乾燥和安全。窩門不結實，或砌的不好，黃鼠狼就會半夜來偷鴿吃。窩乾燥清潔，鴿不易得病；如得起病來，傳染的很快，那可了不得。

該說鴿市。

對於鴿的食水，我沒詳說，因為在重要的點上大家雖差不多，可是每人都有自己的手法，不能完全相同；既是玩嗎，個人總設法

證明自己的方法最好。談到鴿市，規矩可就是普通的了，示奇立異是行不通的。

在我幼時，天天有鴿市。我記得好像是這樣：逢一五是在護國寺的後身，二六是在北新橋，三是土地廟，四是花市，七八是西城車兒胡同，九十是隆福寺外。每逢一五，是否在護國寺後身，我不敢說準了；想了半天，也想不起來。

鴿販是每天必上市的。他們大約可分三種：第一種是闊手，只簡單的拿着一個鴿籠，專買賣中上等的鴿子。第二種，挑着好幾個籠，好歹不論，有利就買就賣。第三種是專買破鴿雛鴿與鴿蛋——送到飯莊當菜用，我最不喜歡這第三種，鴿子一到他們手裏就算無望了。頂可憐是雛鴿，羽毛還沒長全，可是已能叫人看出是不成材料的貨，便入了死籠。雛鴿哆嗦着，被別的鴿壓在籠底上，極細弱的叫着！再過幾點鐘便成了盤中的菜了。

此外，還有一種暗中作買賣而不叫別人知道的，這好像是票友使黑杆，雖已拿錢而不明言。這種人可不甚多。

養鴿的人到市上去，若是賣鴿，便也是提籠。若是去買鴿，既不知準能買到與否，自然不必拿着籠去。只去賣一二隻鴿，或是買到一二隻，既未提籠，就用手絹捆着鴿。

買鴿的時候，不見得準買一對。家中有隻雄的，沒有伴兒，便去買隻雌的；或者相反。因此，賣鴿的總說「公兒歡，母兒消」。所謂「歡」者，就是公鴿正想擇配，見着雌的便咕咕的叫着追求。所謂「消」者，是雌鴿正想出嫁，有公鴿向她求愛，她就點頭接受。買到歡公或消母，拿到家中即能馬上結婚，不必費事。歡與消可以——若是有籠——當面試驗。可是市上的鴿未必雄的都歡，雌

的都消。況且有時兩雄或兩雌放在一處而充作一對兒賣。這可就得看買主的眼睛了。你本想去買一隻歡公，而市上沒有；可是有一隻，雖不歡，但是合你的意。那麼，也就得買這一隻；現在不歡，過幾天也許就歡起來。你怎麼知道那是個公的呢？為買公鴿而去，卻買了隻母的回來，豈不窩囊得慌！市上是不甚講道德的，沒眼睛的就要受騙。

看鴿是這樣的：把鴿拿在左手中，攏着鴿的翅與腿，用右手去托一托鴿的胸。鴿在此時，如瞪眼，即是公；眨眼的，即是母。頭大的是公，頭小的是母。除辨別公母，鴿在手中也能覺出挺拔與否。真正的行家，拿起鴿來，還能看出鴿的血統正不正來，有的鴿，外表很好，而來路不正，將來下蛋孵窩，未必還能出好鴿。這個，我可不大深知；我沒有多少經驗。

看完了頭部，要用手抒一抒鴿翅，看翅活動與否，有力沒力，與是否有傷——有的鴿是被弩彈打過而翅子僵硬不靈的。對於峰、尾，都要吹一吹，細看看；恐怕是假作的。都看好了，才講價錢。半日之中，鴿受罪不少。所以真正好鴿，如鴿市上去賣，便放在籠內，只准看，不准動手，這顯着硬氣，可是鴿子的身分得真高；假如弄隻破鴿而這麼辦，必會被人當笑話說。還有呢，好鴿保養的好，身上有一層白霜，像葡萄霜兒那樣好看，經手一摸，便把霜兒蹭了去；所以不許動手。可是好鴿上市，即使不許人動，在籠中究竟要受損失，尾巴是最易磨壞的。所以要出手好鴿往往把買主請到家中來看，根本不到市上去。因此，市上實在見不着什麼值錢的鴿子。

關於鴿，我想起這麼些兒來，離詳盡還遠得很呢。就是這一點，恐怕還有說錯了的地方；二十多年前的事是不易老記得很清楚的。

現在，糧食貴，有閒的人也少了，恐怕就還有養鴿的也不似先前那樣講究了。可是這也沒什麼可惜。我只是為述說而述說，倒不提倡什麼國鳥國鴿的。

（原載《人間世》第 26 期，1935 年 4 月）

囚綠記

陸蠡

這是去年夏間的事情。

我住在北平的一家公寓裏。我佔據着高廣不過一丈的小房間，磚鋪的潮濕的地面，紙糊的牆壁和天花板，兩扇木格子嵌玻璃的窗，窗上有很靈巧的紙捲簾，這在南方是少見的。

窗是朝東的。北方的夏季天亮得快，早晨五點鐘左右太陽便照進我的小屋，把可畏的光線射個滿室，直到十一點半才退出，令人感到炎熱。這公寓裏還有幾間空房子，我原有選擇的自由的，但我終於選定了這朝東房間，我懷着喜悅而滿足的心情佔有它，那是有一個小小理由。

這房間靠南的牆壁上，有一個小圓窗，直徑一尺左右。窗是圓的，卻嵌着一塊六角形的玻璃，並且左下角是打碎了，留下一個大孔隙，手可以隨意伸進伸出。圓窗外面長着常春藤。當太陽照過它繁密的枝葉，透到我房裏來的時候，便有一片綠影。我便是歡喜這片綠影才選定這房間的。當公寓裏的夥計替我提了隨身小提箱，領我到這房間來的時候，我瞥見這綠影，感覺到一種喜悅，便毫不猶疑地決定下來，這樣了截爽直使公寓裏夥計都驚奇了。

綠色是多寶貴的啊！它是生命，它是希望，它是慰安，它是快樂。我懷念着綠色把我的心等焦了。我歡喜看水白，我歡喜看草綠。我疲累於灰暗的都市的天空，和黃漠的平原，我懷念着綠色，

如同涸轍的魚盼等着雨水！我急不暇擇的心情即使一枝之綠也視同至寶。當我在這小房中安頓下來，我移徙小桌子到圓窗下，讓我的面朝牆壁和小窗。門雖是常開着，可沒人來打擾我，因為在這古城中我是孤獨而陌生。但我並不感到孤獨。我忘記了困倦的旅程和已往的許多不快的記憶。我望着這小圓洞，綠葉和我對語。我了解自然無聲的語言，正如它了解我的語言一樣。

我快活地坐在我的窗前。度過了一個月，兩個月，我留戀於這片綠色。我開始了解渡越沙漠者望見綠洲的歡喜，我開始了解航海的冒險家望見海面飄來花草的莖葉的歡喜。人是在自然中生長的，綠是自然的顏色。

我天天望着窗口常春藤的生長。看它怎樣伸開柔軟的卷鬚，攀住一根緣引它的繩索，或一莖枯枝；看它怎樣舒開折疊着的嫩葉，漸漸變青，漸漸變老，我細細觀賞它纖細的脈絡，嫩芽，我以揠苗助長的心情，巴不得它長得快，長得茂綠。下雨的時候，我愛它淅瀝的聲音，婆娑的擺舞。

忽然有一種自私的念頭觸動了我。我從破碎的窗口伸出手去，把兩枝漿液豐富的柔條牽進我的屋子裏來，教它伸長到我的書案上，讓綠色和我更接近，更親密。我拿綠色來裝飾我這簡陋的房間，裝飾我過於抑鬱的心情。我要借綠色來比喻蔥蘢的愛和幸福，我要借綠色來比喻猗鬱的年華。我囚住這綠色如同幽囚一隻小鳥，要它為我作無聲的歌唱。

綠的枝條懸垂在我的案前了。它依舊伸長，依舊攀緣，依舊舒放，並且比在外邊長得更快。我好像發現了一種「生的歡喜」，超過了任何種的喜悅。從前我有個時候，住在鄉間的一所草屋裏，地

面是新鋪的泥土，未除淨的草根在我的牀下茁出嫩綠的芽苗，蕈菌在地角上生長，我不忍加以剪除。後來一個友人一邊說一邊笑，替我拔去這些野草，我心裏還引為可惜，倒怪他多事似的。

可是每天早晨，我起來觀看這被幽囚的「綠友」時，它的尖端總朝着窗外的方向。甚至於一枚細葉，一莖卷鬚，都朝原來的方向。植物是多固執啊！它不了解我對它的愛撫，我對它的善意。我為了這永遠向着陽光生長的植物不快，因為它損害了我的自尊心。可是我囚繫住它，仍舊讓柔弱的枝葉垂在我的案前。

它漸漸失去了青蒼的顏色，變成柔綠，變成嫩黃；枝條變成細瘦，變成嬌弱，好像病了的孩子。我漸漸不能原諒我自己的過失，把天空底下的植物移鎖到暗黑的室內；我漸漸為這病損的枝葉可憐，雖則我惱怒它的固執，無親熱，我仍舊不放走它。魔念在我心中生長了。

我原是打算七月尾就回南去的。我計算着我的歸期，計算這「綠囚」出牢的日子。在我離開的時候，便是它恢復自由的時候。

蘆溝橋事件發生了。擔心我的朋友電催我趕速南歸。我不得不變更我的計劃；在七月中旬，不能再留連於烽煙四逼中的舊都，火車已經斷了數天，我每日須得留心開車的消息。終於在一天早晨候到了。臨行時我珍重地開釋了這永不屈服於黑暗的囚人。我把瘦黃的枝葉放在原來的位置上，向它致誠意的祝福，願它繁茂蒼綠。

離開北平一年了。我懷念着我的圓窗和綠友。有一天，得重和它們見面的時候，會和我面生麼？

（選自《囚綠記》，上海：文化生活出版社，1940 年）

鶴
昆蟲鳥獸之一

陸蠡

　　在朔風掃過市區之後，頃刻間天地便變了顏色。蟲僵葉落，草
偃泉枯，人們都換上了臃腫的棉衣，季候已是冬令了。友人去後的
寒瑟的夜晚，在無火的房中獨坐，用衣襟裹住自己的腳，翻閱着插
圖本的《互助論》，原是消遣時光的意思。在第一章的末尾，讀到
稱讚鶴的話，說是鶴是極聰明極有情感的動物，說是鳥類中除了鸚
鵡以外，沒有比鶴更有親熱更可愛的了，「鶴不把人類看作是它的
主人，只認為它們的朋友」等等，遂使我憶起幼年豢鶴的故事。眼
前的書頁便彷彿成了透明，就中看到湮沒在久遠的年代中的模糊的
我幼時自己的容貌，不知不覺間憑案回想起來，把眼前的書本，推
送到書桌的一個角上去了。

　　那是約摸十七八年以前，也是一個初冬的薄暮，弟弟氣喘吁
吁地從外邊跑進來，告訴我哥兒捉得一隻鳥，長腳尖啄，頭有縵
冠，羽毛潔白，「大概是白鶴罷，」他說。他的推測是根據書本上
和商標上的圖畫還參加一些想像的成分。我們從未見過白鶴，但是
對於鶴的品性似乎非常明瞭：鶴是長壽的動物，鶴是能唳的動物，
鶴是善舞的動物，鶴象徵正直，鶴象徵涓潔，鶴象徵疏放，鶴象徵
淡泊……鶴是隱士的伴侶，帝王之尊所不能屈的……我不知道這一

大堆的概念從何而來？人們往往似乎很熟知一件事物，卻又不認識它。如果我們對日常的事情加以留意，像這樣的例子也是常有的。

我和弟弟趕忙跑到鄰家去，要看看這不幸的鶴，不知怎的會從雲霄跌下，落到俗人豎子的手中，遭受他們的窘辱。當我們看見它的時候，它的腳上繫了一條粗繩，被一個孩子牽在手中。翅膀上殷然有一滴血痕，染在白色的羽毛上。他們告訴我這是槍傷，這當然是不幸的原因了。它的羽毛已被孩子們翻得凌亂，在蒼茫夜色中顯得非常潔白。瞧它那種耿介不屈的樣子，一任孩子們挑逗，一動也不動，我們立刻便寄與很大的同情。我便請求他們把它交給我們豢養，答應他們隨時可以到我家裏觀看，只要不傷害它。大概他們玩得厭了，便毫不為難地應允了。

我們興高采烈地把受傷的鳥抱回來，放在院子裏。它的左翼已受傷，不能飛翔。我們解開繫在它足上的縛，讓它自由行走。復拿水和飯粒放在它的面前。看它不飲不食，料是驚魂未定，所以便叫跟來的孩子們跑開，讓它孤獨地留在院子裏。野鳥是慣於露宿的，用不着住在屋子裏，這樣省事不少。

第二天一早我們便起來觀看這成為我們豢養的鳥。它的樣子確相當漂亮，瘦長的腳，走起路來大模大樣，像個「宰相步」。身上潔白的羽毛，早晨來它用嘴統身搜剔一遍，已相當齊整。它的頭上有一簇纓毛，略帶黃色，尾部很短。只是老是縮着頭頸，有時站在左腳上，有時站在右腳上，有時站在兩隻腳上，用金紅色的眼睛斜看着人。

昨晚放在盂裏的水和飯粒，仍是原封不動，我們擔心它早就餓了。這時我們遇到一個大的難題：「鶴是吃什麼的呢？」人們都

不知道。書本上也不曾提起，鶴是怎樣豢養的？偶在什麼器皿上，看到鶴銜芝草的圖畫。芝草是神話上的仙草，有否這種東西固然難定，既然是草類，那末鶴是吃植物的罷。以前山村隱逸人家，家無長物，除了五穀之外，用什麼來餵鶴呢？那末吃五穀是無疑的了。我們試把各色各樣的穀類放在它眼前，它一概置之不顧，這使得我們為難起來了。

「從它的長腳着想，它應當是吃魚的。」我忽然悟到長腳宜於涉水。正如食肉鳥生着利爪，而食穀類的鳥則僅有短爪和短小活潑的身材。像它這樣軀體臃腫長腳尖啄是宜於站在水濱，啄食游魚的。聽說鶴能吃蛇，這也是吃動物的一個佐證。弟弟也贊同我的意見，於是我們一同到溪邊捉魚去。捉大魚不很容易，捉小魚是頗有經驗的。只要拿麩皮或飯粒之類，放在一個竹籃或篩子裏，再加一兩根肉骨頭，沉入水中，等魚游進來，緩緩提出水面就行。不上一個鐘頭，我們已經捉了許多小魚回家。我們把魚放在它前面，看它仍是趦趄躊躇，便捉住它，拿一尾魚餵進去。看它一直咽下，並沒有顯出不舒服，知道我們的猜想是對的了，便高興得了不得。而更可喜的，是隔了不久以後，它自動到水盂裏撈魚來吃了。

從此我和弟弟的生活便專於捉魚飼鶴了。我們從溪邊到池邊，用魚簍，用魚兜，用網，用釣，用弶，用各種方法捉魚。它漸漸和我們親近，見我們進來的時候，便拐着長腳走攏來，向我們乞食。它的住處也從院子裏搬到園裏。我們在那裏掘了一個水潭，復種些水草之類，每次捉得魚來，便投入其間。我們天天看它飲啄，搜剔羽毛。我們時常約鄰家的孩子來看我們的白鶴，向他們講些「鶴乘軒」「梅妻鶴子」的故事。受了父親過分稱譽隱逸者流的影響，羨慕清高的心思是有的，養鶴不過是其一端罷了。

我們的鶴養得相當時日，它的羽毛漸漸光澤起來，翅膀的傷痕也漸漸平復，並且比初捉來時似乎胖了些。這在它得到了安閒，而我們卻從遊戲變成工作，由快樂轉入苦惱了。我們每天必得捉多少魚來。從家裏拿出麩皮和飯粒去，往往挨母親的叱罵，有時把鶴弄到屋子裏，撒下滿地的糞，更成為叱責的理由。祖父恐嚇着把我們連鶴一道趕出屋子去。而最使人苦惱的，便是溪裏的魚也愈來愈乖，不肯上當，釣啦，弶啦，什麼都不行。而鶴的胃口卻愈來愈大，有多少吃多少，叫人供應不及了。

　　我們把鶴帶到水邊去，意思是叫它自己拿出本能，捉魚來吃。並且，多久不見清澈的流水了，在它裏面照照自己的容顏應該是歡喜的。可是，這並不然。它已懶於水裏伸嘴了。只是靠近我們站着。當我們回家的時候，也蹦跳着跟回來。它簡直是有了依賴心，習於安逸的生活了。

　　我們始終不曾聽到它長唳一聲，或做起舞的姿勢。它的翅膀雖已痊癒，可是並沒有飛揚他去的意思。一天舅父到我家裏，在園中看到我們豢養着的鶴，他皺皺眉頭說道：

　　「把這長腳鷺鷥養在這裏幹什麼？」

　　「什麼？長腳鷺鷥？」我驚訝地問。

　　「是的。長腳鷺鷥，書上稱為『白鷺』的。唐詩裏『一行白鷺上青天』的白鷺。」

　　「白鷺！」啊！我的鶴！

　　到這時候我才想到它怪愛吃魚的理由，原來是水邊的鷺啊！我失望而且懊喪了。我的虛榮受了欺騙。我的「清高」，我的「風雅」，都隨同鶴變成了鷺，成為可笑的題材了。舅父接着說：

「鷺肉怪腥臭，又不好吃的。」

懊喪轉為惱怒，我於是決定把這騙人的食客逐出，把假充的隱士趕走。我拳足交加地高聲逐它。它不解我的感情的突變，徘徊瞻顧，不肯離開，我拿竹棰打它，打在它潔白的羽毛上，它才帶飛帶跳地逃走。我把它一直趕到很遠，到看不見自己的園子的地方為止。我整天都不快活，我懷着惡劣的心情睡過了這冬夜的長宵。

次晨踏進園子的時候，被逐的食客依然宿在原處。好像忘了昨天的鞭撻，見我走近時依然做出親熱樣子。這益發觸了我的惱怒。我把它捉住，越過溪水，穿過溪水對岸的松林，復渡過松林前面的溪水，把它放在沙灘上，自己迅速回來。心想松林遮斷了視線，它一定認不得原路跟蹤回來的。果然以後幾天內園子內便少了這位貴客了。我們從此少了一件工作，便清閒快樂起來。

幾天後路過一個獵人，他的槍桿上掛着一頭長腳鳥。我一眼便認得是我們曾經豢養的鷺，我跑上前去細看，果然是的。這回彈子打中了頭頸，已經死了。它的左翼上赫然有着結痂的瘡疤。我忽然難受起來，問道：

「你的長腳鷺鷥是那裏打來的？」

「就在那松林前面的溪邊上。」

「鷺鷥肉是腥臭的，你打它幹什麼？」

「我不過玩玩罷了。」

「是飛着打還是站着的時候打的？」

「是走着的時候打的。它看到我的時候，不但不怕，還拍着翅膀向我走近哩。」

「因為我養過它，所以不怕人。」

「真的麼？」

「它左翼上還有一個傷疤，我認得的。」

「那末給你好了。」他卸下槍端的鳥。

「不要，我要活的。」

「胡說，死了還會再活麼？」他又把它掛回槍頭。

我似乎覺得鼻子有點發酸，便回頭奔回家去。恍惚中我好像看見那隻白鷺，被棄在沙灘上，日日等候它的主人，不忍他去。看見有人來了，迎上前去，但它所接受的不是一尾魚而是一顆子彈。因之我想到鷺也是有感情的動物。以鶴的身分被豢養，以鷺的身分被驅逐，我有點不公平罷。

(選自《囚綠記》，上海：文化生活出版社，1940 年)

手杖
棕櫚軒詹言之十

王力

　　自從有了人類，應該就有了手杖。我們想像盤古氏老了，一定也非杖不行。甚至神仙老了也離不了手杖，不信請看書上畫的南極仙翁，不是也倚着鳩杖嗎？依照希臘神話，厄狄帕斯在路上遇見了人首獅身的史芬克斯，史芬克斯給他猜一個謎子，如果猜不着就要吃了他。那謎子是：「有一種動物，早上用四支腳走路，中午用兩支腳走路，晚上用三支腳走路，這動物是什麼？」厄狄帕斯猜着是人的幼年壯年和老年，史芬克斯真的投海而死。由此看來，手杖乃是老年人不可須臾離的第三隻腳。

　　手杖本是老年人的東西，所以《禮記·王制》上説：「五十杖於家，六十杖於鄉，七十杖於國，八十杖於朝。」從王制上看，拿手杖是頗欠禮貌的事情，所以不滿六十歲的人，只能在家裏拿手杖。直至六十以後，才可以倚老賣老，招搖過市。現在文明時代可不同了，若不是二十杖於家，至少是三十杖於街。手杖的功夫也大不相同，並非用它來幫助腳力，而是用它來表現神氣。這和不近視的人戴眼鏡，不吸煙的人銜雪茄，用意是差不多的。洋式的手杖剛傳到上海的時候，上海人有三句口號：「眼上克羅克，嘴裏茄力克，手裏司的克！」有了這三克，儼然外國紳士，大可以高視闊步了。

三十杖於街的人，就姿勢而論，還可分為三種。第一種人昂頭挺胸，手杖離地三寸，如張翼德和他的丈八蛇矛；第二種人身輕如燕，手杖左右擺動，如孫悟空和他的金箍棒；第三種人壯年龍鍾，手杖拄地而行，如佘太君辭朝。第一種人最神氣，真可使得「長板橋邊水逆流」；第二種人則未免令人有輕佻之感；至於第三種人，在只該用兩隻腳走路的年齡就用了第三隻腳，非但毫無神氣之可言，而且顯得未老先衰，醜態可掬了。

　　我近來丟了一根十五年相依為命的手杖，雖然未免傷心，卻也頗能強詞以自慰。因為我年逾四十，張翼德的神氣是夠不上了（或者始終不曾有過），而又不甘心學那孫悟空弄棒和佘太君辭朝。索性憑着兩條腿走路，倒也優游自在。至於山村防狗，荒野防蛇，不防就隨便拿一根棍子，既合實用，又避免了擺架子的嫌疑。等到二三十年後，變了恃杖而行的觸礨，然後選良木，刻龍頭，製造第三隻腳，還不算太晚呢。

一九四四年八月二十七日昆明《中央日報》增刊

（選自《龍蟲並雕齋瑣語》，北京：中國社會科學出版社，1982 年）

下棋

梁實秋

　　有一種人我最不喜歡和他下棋，那便是太有涵養的人。殺死他一大塊，或是抽了他一個車，他神色自若，不動火，不生氣，好像是無關痛癢，使得你覺得索然寡味。君子無所爭，下棋卻是要爭的。當你給對方一個嚴重威脅的時候，對方的頭上青筋暴露，黃豆般的汗珠一顆顆的在額上陳列出來，或哭喪着臉作慘笑，或咕嘟着嘴作吃屎狀，或抓耳撓腮，或大叫一聲，或長吁短歎，或自怨自艾口中念念有詞，或一串串的噎嗝打個不休，或紅頭漲臉如關公，種種現象，不一而足，這時節你「行有餘力」便可以點起一枝煙，或啜一碗茶，靜靜的欣賞對方的苦悶的象徵。我想獵人困逐一隻野兔的時候，其愉快大概略相彷彿。因此我悟出一點道理，和人下棋的時候，如果有機會使對方受窘，當然無所不用其極，如果被對方所窘，便努力作出不介意狀，因為既不能積極的給對方以苦痛，只好消極的減少對方的樂趣。

　　自古博弈並稱，全是屬賭的一類，而且只是比「飽食終日無所用心」略勝一籌而已。不過弈雖小術，亦可以觀人，相傳有慢性人，見對方走當頭炮，便左思右想，不知是跳左邊的馬好，還是跳右邊的馬好，想了半個鐘頭而遲遲不決，急得對方拱手認輸。是有這樣的慢性人，每一着都要考慮，而且是加慢的考慮，我常想這種人如加入龜兔競賽，也必定可以獲勝。也有性急的人，下棋如

賽跑，劈劈拍拍，草草了事，這仍就是飽食終日無所用心的一貫作風。下棋不能無爭，爭的範圍有大有小，有斤斤計較而因小失大者，有不拘小節而眼觀全域者，有短兵相接作生死鬥者，有各自為戰而旗鼓相當者，有趕盡殺絕一步不讓者，有好勇鬥狠同歸於盡者，有一面下棋一面誚罵者，但最不幸的是爭的範圍超出了棋盤，而拳足交加。有下象棋者，久而無聲響，排闥視之，闃不見人，原來他們是在門後角裏扭做一團，一個人騎在另一個人的身上，在他的口裏挖車呢。被挖者不敢出聲，出聲則口張，口張則車被挖回，挖回則必悔棋，悔棋則不得勝，這種認真的態度憨得可愛。我曾見過二人手談，起先是坐着，神情瀟灑，望之如神仙中人，俄而棋勢吃緊，兩人都站起來了，劍拔弩張，如鬥鵪鶉，最後到了生死關頭，兩個人跳到桌上去了！

笠翁《閒情偶寄》說弈棋不如觀棋，因觀者無得失心，觀棋是有趣的事，如看鬥牛、鬥雞、鬥蟋蟀一般，但是觀棋也有難過處，觀棋不語是一種痛苦。喉間硬是癢得出奇，思一吐為快。看見一個人要入陷阱而不作聲是幾乎不可能的事，如果說得中肯，其中一個人要厭恨你，暗暗的罵一聲「多嘴驢！」另一個人也不感激你，心想「難道我還不曉得這樣走！」如果說得不中肯，兩個人要一齊嗤之以鼻，「無見識奴！」如果根本不說，憋在心裏，受病。所以有人於挨了一個耳光之後還要撫着熱辣辣的嘴巴大呼「要抽車，要抽車！」

下棋只是為了消遣，其所以能使這樣多人嗜此不疲者，是因為它頗合於人類好鬥的本能，這是一種「鬥智不鬥力」的遊戲。所以瓜棚豆架之下，與世無爭的村夫野老不免一枰相對，消此永晝；

鬧市茶寮之中，常有有閒階級的人士下棋消遣，「不為無益之事，何以遣此有涯之生？」宦海裏翻過身最後退隱東山的大人先生們，髀肉復生，而英雄無用武之地，也只好閒來對弈，了此殘生，下棋全是「賸餘精力」的發泄。人總是要鬥的，總是要鉤心鬥爭的和人爭逐的。與其和人爭權奪利，還不如在棋盤上多佔幾個官，與其招搖撞騙，還不如在棋盤上抽上一車。宋人筆記曾載有一段故事：「李訥僕射，性卞急，酷好弈棋，每下子安詳，極於寬緩，往往躁怒作，家人輩則密以弈具陳於前，訥賭，便忻然改容，以取其子布弄，都忘其恚矣。」（《南部新書》）下棋，有沒有這樣陶冶性情之功，我不敢說，不過有人下起棋來確實是把性命都可置諸度外。我有兩個朋友下棋，警報作，不動聲色，俄而彈落，棋子被震得在盤上跳盪，屋瓦亂飛，其中一位棋癮較小者變色而起，被對方一把拉住，「你走！那就算是你輸了」。此公深得棋中之趣。

（選自《雅舍小品》，上海：上海書店，1987 年影印本）

鳥

梁實秋

我愛鳥。

從前我常見提籠架鳥的人，清早在街上蹓躂（現在這樣有閒的人少了）。我感覺興味的不是那人的悠閒，卻是那鳥的苦悶。胳膊上架着的鷹，有時頭上蒙着一塊皮子，羽翮不整的蜷伏着不動，哪裏有半點瞵視昂藏的神氣？籠子裏的鳥更不用説，常年的關在柵欄裏，飲啄倒是方便，冬天還有遮風的棉罩，十分的「優待」，但是如果想要「搏扶搖而直上」，便要撞頭碰壁。鳥到了這種地步，我想它的苦悶，大概是僅次於黏在膠紙上的蒼蠅，它的快樂，大概是僅優於在標本室裏住着罷？

我開始欣賞鳥，是在四川。黎明時，窗外是一片鳥囀，不是吱吱喳喳的麻雀，不是呱呱噪啼的烏鴉，那一片聲音是清脆的，是嘹亮的，有的一聲長叫，包括着六七個音階，有的只是一個聲音，圓潤而不覺其單調，有時是獨奏，有時是合唱，簡直是一派和諧的交響樂。不知有多少個春天的早晨，這樣的鳥聲把我從夢境喚起。等到旭日高升，市聲鼎沸，鳥就沉默了，不知到哪裏去了。一直等到夜晚，才又聽到杜鵑叫，由遠叫到近，由近叫到遠，一聲急似一聲，竟是淒絕的哀樂。客夜聞此，説不出的酸楚！

在白晝，聽不到鳥鳴，但是看得見鳥的形體。世界上的生物，沒有比鳥更俊俏的。多少樣不知名的小鳥，在枝頭跳躍，有的曳

着長長的尾巴，有的翹着尖尖的長喙，有的是胸襟上帶着一塊照眼的顏色，有的是飛起來的時候才閃露一下斑斕的花彩。幾乎沒有例外的，鳥的身軀都是玲瓏飽滿的，細瘦而不乾癟，豐腴而不臃腫，真是減一分則太瘦，增一分則太肥那樣的穠纖合度，跳盪得那樣輕靈，腳上像是有彈簧。看它高踞枝頭，臨風顧盼──好銳利的喜悅刺上我的心頭。不知是什麼東西驚動它了，它倏的振翅飛去，它不回顧，它不悲哀，它像虹似的一下就消逝了，它留下的是無限的迷惘。有時候稻田裏佇立着一隻白鷺，拳着一條腿，縮着頸子，有時候「一行白鷺上青天」，背後還襯着黛青的山色和釉綠的梯田。就是抓小雞的鳶鷹，啾啾的叫着，在天空盤旋，也有令人喜悅的一種雄姿。

我愛鳥的聲音，鳥的形體，這愛好是很單純的，我對鳥並不存任何幻想。有人初聞杜鵑，興奮的一夜不能睡，一時想到「杜宇」「望帝」，一時又想到啼血，想到客愁，覺得有無限的詩意。我曾告訴他事實上全不是這樣的。杜鵑原是很健壯的一種鳥，比一般的鳥魁梧得多，扁嘴大口，並不特別美，而且自己不知構巢，依仗體壯力大，硬把卵下在別個的巢裏，如果巢裏已有了夠多的卵，便不客氣的給擠落下去，孵育的責任由別個代負了，孵出來之後，羽毛漸豐，就可把巢據為己有。那人聽了我的話之後，對於這豪橫無情的鳥，再也不能幻出什麼詩意出來了。我想濟慈的「夜鶯」，雪萊的「雲雀」，還不都是詩人自我的幻想，與鳥何干？

鳥並不永久的給人喜悅，有時也給人悲苦。詩人哈代在一首詩裏說，他在聖誕的前夕，爐裏燃着熊熊的火，滿室生春，桌上擺着豐盛的筵席，準備着過一個普天同慶的夜晚，驀然看見在窗外一片美麗的雪景當中，有一隻小鳥踡跼縮縮的在寒枝的梢頭踞立，正

在啄食一顆殘餘的僵凍的果兒，禁不住那料峭的寒風，栽倒地上死了，滾成一個雪團！詩人感謂曰：「鳥！你連這一個快樂的夜晚都不給我！」我也有過一次類似經驗，在東北的一間雙重玻璃窗的屋裏，忽然看見枝頭有一隻麻雀，戰慄的跳動抖擞着，在啄食一塊乾枯的葉子。但是我發見那麻雀的羽毛特別的長，而且是蓬鬆戟張着的：像是披着一件簑衣，立刻使人聯想到那垃圾堆上的大群襤褸而臃腫的人，那形容是一模一樣的。那孤苦伶仃的麻雀，也就不暇令人哀了。

自從離開四川以後，不再容易看見那樣多型類的鳥的跳盪，也不再容易聽到那樣悅耳的鳥鳴。只是清早遇到煙突冒煙的時候，一群麻雀擠在簷下的煙突旁邊取暖，隔着窗紙有時還能看見伏在窗櫺上的雀兒的映影。喜鵲不知逃到哪裏去了。帶哨子的鴿子也很少看見在天空打旋。黃昏時偶爾還聽見寒鴉在古木上鼓噪，入夜也還能聽見那像哭又像笑的鴟梟的怪叫。再令人觸目的就是那些偶然一見的囚在籠裏的小鳥兒了，但是我不忍看。

（選自《雅舍小品》，上海：上海書店，1987 年影印本）

南京的骨董迷

方令孺

　　有一班住在南京稍久的人，看見這裏變成日見繁榮的都市，心上很覺得不安，誰都在心坎上留着一個昔日荒涼的古城的影子，像懷念一個老友似的，看見一切都在漸漸變更了，心裏就起了一股怨氣，真像對一個老朋友說：你「不念攜手好，棄我如遺蹟」一樣的悲傷。每逢走出家門總找那些沒有開闢的小路走，眯着眼笑，說：這還是十年前的古城呢。因此××廟的附近常常看見這些先生們的影子。××廟原來也有些與從前不同了，但不同的只是廟前的一條河，畫船少了，笙歌歇了，再沒有滿樓紅袖招人。至於那些古舊的茶寮，香味撲鼻的炒貨店，隨地招攬生意的花攤，仍都充滿了鄉下城裏各種偷閒的人，還有從幾座高樓上送下胡琴檀板伴着淒涼慷慨的歌聲，聽的人簡直疑心他們個個都是江南李龜年，因此生出無限的興感，都和在濃茶燒餅的香味中細細咀嚼着吞下。最吸引這班先生的是一些骨董舖，對於那些斑斕破碎的舊瓦缶舊陶器尤覺珍貴非常。

　　「先生這是新近才掘出來的，」骨董店老闆拿着一個四耳瓶說，「瞧這瓶只口上有點兒破缺，釉子可多麼細潤，真是宋朝的東西，您拿去吧，價錢也不會錯，您瞧着給吧。」這種瓶起初確不很貴，有時只花一塊錢就可買得，買的人也就對此發生興趣，骨董舖也就可以為招搖了。

在許多斑斕破碎的舊瓦缶舊瓷器的中間，有時會突然發現稀有的東西，像××買得的唐雕大佛頭只花數十元，於是有懊悔沒有先發現的，有默默羨慕的，有帶着諷刺來批評的，各種人之間有一位先生又去暗暗搜覓，果然也得了一尊較小而遒美異常的另一個佛頭，於是又起了一陣比較，批評，談論，驕傲。有的說：大佛頭可比作漢魏文章，小佛頭可比作六朝小品，為了爭較這句話，大家又賭酒哄笑以至忘記了這個新的都市了。

不知道從什麼地方來了一批宋瓷碗，有人說是江南鐵路造路時在城外附近掘出一個碗庫，裏面重重疊疊不知道有幾千個：上一層壓碎了，下一層還是這樣完好如新。碗的式樣是底小口大，確係宋碗形式，又顏色除彩花，淨白，鵝黃以外，有一種青色；按北京宋柴窰有幾句名言就是：「青如天，明如鏡，薄如紙，聲如磬」，拿這種青色碗與這名言對照，的確是這樣輕薄透明，而且輕輕一敲就發生如古廟鐘聲一樣幽遠好聽的聲音。頭一個發現的人還是什麼收藏家，把這種碗照樣置版，並附了一篇考據的長文登在某大學刊物上。一時驚為希有之奇珍。從此在積雪的狹巷裏，在深暗的骨董舖中，不斷有這班先生的蹤跡了。大家互相介紹，互相爭取，一時熱鬧，不可以言喻。

有一回有四個人到骨董店去找碗。老闆拿出兩個小巧的綠色凸梅花的小碗。這四個人中間誰先搶到誰就死捏着不放，那一個沒有搶到的就向他說：你前天不是已經買到一件好東西了嗎？這個應當讓給我。但是先拿的人還是死捏着不放鬆，誰肯讓？這個求讓不得的人就飛跑到另一個人身邊，乘其不在意的時候，把他正拿在手裏觀摩的碗，猛然搶來，買下了。骨董舖老闆見這種情形，怎麼不把價提得異常高呢？

一年過去了，不知有多少人都買這種碗，就是後來被選擇剩下的，也有人全包了去，素來不玩骨董的人，也要買幾個，作為奇貨可居。後來骨董店還是源源不斷的有得來，這可怪了，那定是什麼神庫吧，怎麼這樣像奇跡一般的取之無盡呢。於是懷疑，考查，研究都來了。結果所謂柴窯，所謂宋瓷，都是仿古假造的。到底是從什麼地方，是什麼人假造，也還沒有一個確實證據。從前所爭買這些的先生們只有彼此相顧啞然。究竟誰上了誰的當呢？只有各自諮嗟，各自隱恨而已。到底得大佛頭的先生心中有所慰藉，不是為了搜覓宋瓷也不會得着那個大佛頭。另一位先生也倒不灰心，索性把興趣集中到陶器上，所以一直到現在還是沒有一天不看見他徘徊於骨董舖裏，搬些破碎的，完整的，圓的，扁的，長的，短的瓦當，土罐回到家中，現在已有幾百件，樓上樓下桌椅几凳上無處不是，怕將來要專造一座倉庫來收藏吧。現在這位先生正預備寫一本陶器源流史，我們且企予望之。

（選自《方令孺散文選集》，上海：上海文藝出版社，1982 年）

生活之藝術

周作人

    契呵夫（Tshekhov）書簡集中有一節道（那時他在愛琿附近旅行），「我請一個中國人到酒店裏喝燒酒，他在未飲之前舉杯向着我和酒店主人及夥計們，說道『請。』這是中國的禮節。他並不像我們那樣的一飲而盡，卻是一口一口的啜，每啜一口，吃一點東西；隨後給我幾個中國銅錢，表示感謝之意。這是一種怪有禮的民族。……」

    一口一口的啜，這的確是中國僅存的飲酒的藝術：乾杯者不能知酒味，泥醉者不能知微醺之味。中國人對於飲食還知道一點享用之術，但是一般的生活之藝術卻早已失傳了。中國生活的方式現在只是兩個極端，非禁慾即是縱慾，非連酒字都不准說即是浸身在酒槽裏，二者互相反動，各益增長，而其結果則是同樣的污糟。動物的生活本有自然的調節，中國在千年以前文化發達，一時頗有臻於靈肉一致之象，後來為禁慾思想所戰勝，變成現在這樣的生活，無自由、無節制，一切在禮教的面具底下實行迫壓與放恣，實在所謂禮者早已消滅無存了。

    生活不是很容易的事。動物那樣的，自然地簡易地生活，是其一法；把生活當作一種藝術，微妙地美地生活，又是一法：二者之外別無道路，有之則是禽獸之下的亂調的生活了。生活之藝術只在禁慾與縱慾的調和。藹理斯對於這個問題很有精到的意見，他排斥

宗教的禁慾主義，但以為禁慾亦是人性的一面，歡樂與節制二者並存，且不相反而實相成。人有禁慾的傾向，即所以防歡樂的過量，並即以增歡樂的程度。他在〈聖芳濟與其他〉一篇論文中曾説道，「有人以此二者（即禁慾與耽溺）之一為其生活之唯一目的者，其人將在尚未生活之前早已死了。有人先將其一（耽溺）推至極端，再轉而之他，其人才真能了解人生是什麼，日後將被記念為模範的高僧。但是始終尊重這二重理想者，那才是知生活法的明智的大師。……一切生活是一個建設與破壞，一個取進與付出，一個永遠的構成作用與分解作用的循環。要正當地生活，我們須得模仿大自然的豪華與嚴肅。」他又説過，「生活之藝術，其方法只在於微妙地混和取與舍二者而已，」更是簡明的説出這個意思來了。

　　生活之藝術這個名詞，用中國固有的字來説便是所謂禮。斯諦耳博士在《儀禮》序上説，「禮節並不單是一套儀式，空虛無用，如後世所沿襲者。這是用以養成自制與整飭的動作之習慣，唯有能領解萬物感受一切之心的人才有這樣安詳的容止。」從前聽説辜鴻銘先生批評英文《禮記》譯名的不妥當，以為「禮」不是 Rite 而是 Art，當時覺得有點乖僻，其實卻是對的，不過這是指本來的禮，後來的禮儀禮教都是墮落了的東西，不足當這個稱呼了。中國的禮早已喪失，只有如上文所説，還略存於茶酒之間而已。去年有西人反對上海禁娼，以為妓院是中國文化所在的地方，這句話的確難免有點荒謬，但仔細想來也不無若干理由。我們不必拉扯唐代的官妓，希臘的「女友」(Hetaira) 的韻事來作辯護，只想起某外人的警句，「中國挾妓如西洋的求婚，中國娶妻如西洋的宿娼」，或者不能不感到《愛之術》(*Ars Amatoria*) 真是只存在草野之間了。

我們並不同某西人那樣要保存妓院，只覺得在有些怪論裏邊，也常有真實存在罷了。

　　中國現在所切要的是一種新的自由與新的節制，去建造中國的新文明，也就是復興千年前的舊文明，也就是與西方文化的基礎之希臘文明相合一了。這些話或者說的太大太高了，但據我想舍此中國別無得救之道，宋以來的道學家的禁慾主義總是無用的了，因為這只足以助成縱慾而不能收調節之功。其實這生活的藝術在有禮節重中庸的中國本來不是什麼新奇的事物，如《中庸》的起頭說，「天命之謂性，率性之謂道，修道之謂教，」照我的解說即是很明白的這種主張。不過後代的人都只拿去講章旨節旨，沒有人實行罷了。我不是說半部《中庸》可以濟世，但以表示中國可以了解這個思想。日本雖然也很受到宋學的影響，生活上卻可以說是承受平安朝的系統，還有許多唐代的流風餘韻，因此了解生活之藝術也更是容易。在許多風俗上日本的確保存這藝術的色彩，為我們中國人所不及，但由道學家看來，或者這正是他們的缺點也未可知罷。

十三年十一月

（選自《雨天的書》，上海：北新書局，1925 年）

談「流浪漢」

梁遇春

當人生觀論戰已經鬧個滿城風雨，大家都談厭煩了不想再去提起時候，我一天忽然寫一篇短文，叫做〈人死觀〉。這件事實在有些反動嫌疑，而且該捱思想落後的罪名，後來仔細一想，的確很追悔。前幾年北平有許多人討論 Gentleman 這字應該要怎麼樣子翻譯才好，現在是幾乎誰也不說這件事了，我卻又來喋喋，談那和「君子」Gentleman 正相反的「流浪漢」Vagabond，將來恐怕免不了自悔。但是想寫文章時候，那能夠顧到那麼多呢？

Gentleman 這字雖然難翻，可是還不及 Vagabond 這字那樣古怪，簡直找不出適當的中國字眼來。普通的英漢字典都把它翻做「走江湖者」「流氓」「無賴之徒」「游手好閒者」……，但是我覺得都失丟這個字的原意。Vagabond 既不像走江湖的賣藝為生，也不是流氓那種一味敲詐，「無賴之徒」「游手好閒者」都帶有貶罵的意思，Vagabond 卻是種可愛的人兒。在此無可奈何時候，我只好暫用「流浪漢」三字來翻，自然也不是十分合式的。我以為 Gentleman，Vagabond 這些字所以這麼刁鑽古怪，是因為它們被人們活用得太久了，原來的義意早已消失，於是每個人用這個字時候都添些自己的意思，這字的涵義愈大，更加好活用了。因此在中國尋不出一個能夠引起那麼多的聯想的字來。本來 Gentleman，Vagabond 這二個字和財產都有關係的，一個是擁有財產，豐衣足食的公子，一個是毫無恆產，四處飄零的窮光蛋。因為有錢，自然

能夠受良好的教育，行動舉止也溫文爾雅，談吐也就蘊藉不俗，更不至於跟人銖錙必較，言語衝撞了。Gentleman 這字的意義就由世家子弟一變變做斯文君子，所以現在我們不管一個人出身的貴賤，財產的有無，只要他的態度是溫和，做人很正直，我們都把他當做 Gentleman。一班窮酸的人們被人冤枉時節，也可以答辯道：「我雖然窮，卻是個 Gentleman。」Vagabond 這個字意義的演化也經過了同樣的歷程。本來只指那班什麼財產也沒有，天天隨便混過去的人們。他們既沒有一定的職業，有時或者也幹些流氓的勾當。但是他們整天隨遇而安，倒也無憂無慮，他們過慣了放鬆的生活，所以就是手邊有些錢，也是胡裏胡塗地用光，對人們當然是很慷慨的。他們沒有身家之慮，做事也就痛痛快快，並不像富人那種畏首畏尾，瞻前顧後。酒是大杯地喝下去，話是隨便地順口開河，有時也胡謅些有趣味的謊語。他們萬事不關懷，天天笑呵呵，規矩的人們背後說他們沒有責任心。他們與世無忤，既不會桌上排着一斗黃豆，一斗黑豆，打算盤似地整天數自己的好心思和壞心思，也不會皺着眉頭，弄出連環巧計來陷害人們。他們的行為是胡塗的，他們的心腸是好的。他們是大個頑皮小孩，可是也帶了小孩的天真。他們腦裏存了不少奇奇怪怪的幻想，滿臉春風，老是笑迷迷的，一些機心也沒有。……我們現在把凡是帶有這種心情的人們都叫做 Vagabond，就是他們是王侯將相的子孫，生平沒有離開家鄉過也不礙事。他們和中國古代的俠客有些相像，可是他們又不像俠客那樣朴刀橫腰，給誇大狂迷住，一臉凶氣，走遍天下專為打不平。他們對於倫理觀念，沒有那麼死板地痴痴執着。我不得已只好翻做「流浪漢」，流浪是指流浪的心情，所以我所讚美的流浪漢或者同守深閨的小姐一樣，終身未出鄉里一步。

英國十九世紀末葉詩人和小品文作家斯密士 Alexander Smith 對於流浪漢是無限地頌揚。他有一段描寫流浪漢的文章，說得很妙。他說：「流浪漢對於許多事情的確有他的特別意見。比如他從小是同密尼表妹一起養大，心裏很愛她，而她小孩時候對於他的感情也是跟着年齡熱烈起來，他倆結合後大概也可以好好地過活，他一定把她娶來，並沒有考慮到他們收入將來能夠不能夠允許他請人們來家裏吃飯或者時髦地招待朋友。這自然是太魯莽了。可是對於流浪漢你是沒法子說服他。他自己有他一套再古怪不過的邏輯（他自己卻以為是很自然的推論），他以為他是為自己娶親的，並不是為招待他的朋友的緣故；他把得到一個女人的真心同純潔的胸懷比袋裏多一兩鎊錢看得重得多。規矩的人們不愛流浪漢。那班膝下有還未出嫁姑娘的母親特別怕他——並不是因他為子不孝，或者將來不能夠做個善良的丈夫，或者對朋友不忠，但是他的手不像別人的手，總不會把錢牢牢地握着。他對於外表絲毫也不講究。他結交朋友，不因為他們有華屋美酒，卻是愛他們的性情，他們的好心腸，他們講笑話聽笑話的本領，以及許多別人看不出的好處。因此他的朋友是不拘一類的，在富人的宴會裏卻反不常見到他的蹤跡。我相信他這種流浪態度使他得到許多好處。他對於人生的希奇古怪的地方都有接觸過。他對於人性曉得更透徹，好像一個人走到鄉下，有時舍開大路，去憑弔荒墟古塚，有時在小村逆旅休息，路上碰到人們也攀談起來，這種人對於鄉下自然比那坐四輪馬車裏驕傲地跑過大道的知道得多。我們因為這無理的驕傲，失丟了不少見識。一點流浪漢的習氣都沒有的人是沒有什麼價值的。」斯密士說到流浪漢的成家立業的法子，可見現在所謂的流浪漢並不限於那無家可歸，腳跟如蓬轉的人們。斯密士所說的只是一面，讓我再由另一個

觀察點——流浪漢和 Gentleman 的比較——來論流浪漢，這樣子一些一些湊起來或者能夠將流浪漢的性格描摹得很完全，而且流浪漢的性格複雜萬分，（漢既以流浪名，自不是安分守己，方正簡單的人們）絕不能一氣說清。

英國文學裏分析 Gentleman 的性格最明晰深入的文章，公推是那位叛教分子紐門 G. H. Newman 的《大學教育的範圍同性質》。紐門說：「說一個人他從來沒有給別人以苦痛，這句話幾乎可以做『君子』的定義……『君子』總是從事於除去許多障礙，使同他接近的人們能夠自然地隨意行動；『君子』對於他人行動是取贊同合作態度，自己卻不願開首主動……真正的『君子』極力避免使同他在一塊的人們心裏感到不快或者顫震，以及一切意見的衝突或者感情的碰撞，一切拘束，猜疑，沉悶，怨恨；他最關心的是使每個人都很隨便安逸像在自己家裏一樣。」這樣小心翼翼的君子我們當然很願意和他們結交，但是若使天下人都是這麼我讓你，你體貼我，忸忸怩怩地，誰也都是捧着同情等着去附和別人的舉動，可是誰也不好意思打頭陣；你將就我，我將就你，大家天天只有個互相將就的目的，此外是毫無成見的，這種的世界和平固然很和平，可惜是死國的和平。迫得我們不得不去歡迎那豪爽英邁，勇往直前的流浪漢。他對於自己一時興到想幹的事趣味太濃厚了，只知道口裏吹着調子，放手做去，既不去打算這事對人是有益是無益，會成功還是容易失敗，自然也沒有慮及別人的心靈會不會被他攪亂，而且「君子」們袖手旁觀，本是無可無不可的，大概總會穿着白手套輕輕地鼓掌。流浪漢幹的事情不一定對社會有益，造福於人群，可是他那股天不怕，地不怕，不計得失，不論是非的英氣總可以使這麻木的世界呈現些須生氣，給「君子」們以贊助的材料，免得「君子」們

整天掩着手打呵欠（流浪漢才會痛快地打呵欠，「君子」們總是像林黛玉那樣子抿着嘴兒）找不出話講，我承認偷情的少女，再嫁的寡婦都是造福於社會的，因為沒有她們，那班貞潔的小姐，守節的媳婦就失丟了談天的材料，也無從來讚美自己了。並且流浪漢整天瞎鬧過去，不僅目中無人，簡直把自己都忘卻了。真正的流浪漢所以不會引起人們的厭惡，因為他已經做到無人無我的境地，那一剎那間的衝動是他唯一的指導，他自己愛笑，也喜歡看別人的笑容，別的他什麼也不管了。「君子」們處處為他人着想，弄得不好，反使別人怪難受，倒不如流浪漢的有飯大家吃，有酒大家喝，有話大家說，先無彼此之分，人家自然會覺得很舒服，就是有衝撞地方，也可以原諒，而且由這種天真的衝撞更可以見流浪漢的毫無機心。真是像中國舊文人所愛說文章天成，妙手偶得之，流浪漢任性順情，萬事隨緣，絲毫沒有想到他人，人們卻反覺得他是最好的伴侶，在他面前最能夠失去世俗的拘束，自由地行動。許多人愛留連在烏煙瘴氣的酒肆小茶店裏，不願意去高攀坐在王公大人們客廳的沙發上，一班公子哥兒喜歡跟馬夫下流人整天打夥，不肯到他那客氣溫和的親戚家裏走走，都是這種道理。紐門又說：「君子知道得很清楚，人類理智的強處同弱處，範圍同限制。若使他是個不信宗教的人，他是太精明太雅量了，絕不會去嘲笑或者反宗教；他太智慧了，不會武斷地或者熱狂地反教。他對於虔敬同信仰有相當的尊敬；有些制度他雖然不肯贊同，可是他還以為這些制度是可敬的良好的或者有用的；他禮遇牧師，自己僅僅是不談宗教的神秘，沒有去攻擊否認。他是信教自由的贊助者，這並不只是因為他的哲學教他對於各種宗教一視同仁，一半也是由於他的性情溫和近於女性，凡是有文化的人們都是這樣。」這種人修養功夫的確很到家，可謂

火候已到，絲毫沒有火氣，但是同時也失去活氣，因為他所磨鍊去的火是 Prometheus 由上天偷來做人們靈魂用的火。十八世紀第一畫家 Reynolds 是位脾氣頂好的人，他的密友約翰生（就是那位麻臉的胖子）一天對他說：「Reynolds 你對於誰也不恨，我卻愛那善於恨人的人。」約翰生偉大的腦袋蘊蓄有許多對於人生微妙的觀察，他通常衝口而出的牢騷都是入木三分的慧話。恨人恨得好（A good hater）真是一種藝術，而且是人人不可不講究的。我相信不會熱烈地恨人的人也是不知道怎地熱烈地愛人。流浪漢是知道如何恨人，如何愛人。他對於宗教不是拼命地相信，就是盡力地嘲笑。Donne，Herrick，Celleni 都是流浪漢氣味十足的人們，他們對於宗教都有狂熱；Voltaire，Nietzsche 這班流浪漢就用盡俏皮的辭句，熱嘲冷諷，掉盡槍花，來譏罵宗教。在人生這幕悲劇的喜劇或者喜劇的悲劇裏，我們實在應該旗幟分明地對於一切不是打倒，就是擁護，否則到處妥協，灰色地獨自躑躅於戰場之上，未免太單調了，太寂寞了。我們既然知道人類理智的能力是有限的，那麼又何必自作聰明，僭居上帝的地位，盲目地對於一切主張都持個大人聽小孩說夢話態度，保存種白痴的無情臉孔，暗地裏自誇自己的眼力不差，曉得可憐同原諒人們低弱的理智。真真對於人類理智力的薄弱有同情的人是自己也加入跟着人們胡鬧，大家一起亂來，對人們自然會有無限同情。和人們結夥走上錯路，大家當然能夠不信而喻地互相了解。當濁酒三杯過後，大家拍桌高歌，莫名其妙地相視而笑，莫逆於心，那時人們才有真正的同情，對於人們的弱點有願意的諒解，並不像「君子」們的同情後面常帶有我佛如來憐憫眾生的冷笑。我最怕那人生的旁觀者，所以我對於厚厚的《約翰生傳》會不倦地溫讀，聽人提到 Addison 的《旁觀報》就會皺眉，雖然我也

承認他的文章是珠圓玉潤，修短適中，但是我怕他那像死屍一般的冰冷。紐門自己說「君子」的性情溫和近於女性（The gentleness and effeminacy of feeling），流浪漢雖然沒有這類在台上走 S 式步伐的旖旎風光，他卻具有男性的健全。他敢赤身露體地和生命肉搏，打個你死我活。不管流浪漢的結果如何，他的生活是有力的，充滿趣味的，他沒有白過一生，他嘗盡人生的各種味道，然後再高興地去死的國土裏遨遊。這樣在人生中的趣味無窮翻身打滾的態度，已經值得我們羨慕，絕不是女性的「君子」所能曉得的。

耶穌說過：「凡想要保全生命的，必喪掉生命。凡喪掉生命的，必救活生命。」流浪漢無時不是只顧目前的痛快，早把生命的安全置之度外，可是他卻無時不盡量地享受生之樂。守己安分的人們天天守着生命，戰戰兢兢，只怕失了生命，反把生命真正的快樂完全忽略，到了蓋棺論定，自己才知道白寶貴了一生的生命，卻毫無受到生命的好處，可惜太遲了，連追悔的時候都沒有。他們對於生命好似守財虜的念念不忘於金錢，不過守財虜還有夜夜關起門來，低着頭數血汗換來的錢財的快樂，愛惜生命的人們對於自己的生命，只有刻刻不忘的擔心，連這種沾沾自喜的心情也沒有，守財虜為了金錢緣故還肯犧牲了生命，比那什麼想頭也消失了，光會顧惜自己皮膚的人們到底是高一等，所以上帝也給他那份應得的快樂。用句羅素的老話，流浪漢對於自己生命不取佔有衝動，是被創造衝動的勢力鼓舞着。實在說起來，宇宙間萬事萬物流動不息，那裏真有常住的東西。只有滅亡才是永存不變的，凡是存在的天天總脫不了變更，這真是「法輪常轉」。Walter Pater 在他的《文藝復興研究》的結論曾將這個意思說得非常美妙，可惜寫得太好了，不敢翻譯。尤其生命是瞬刻之間，變幻萬千的，不跳動的心是屬死人的。

所以除非順着生命的趨勢，高興地什麼也不去管望前奔，人們絕不能夠享受人生。近代小品文家 Jackson 在他那篇論「流浪漢」文裏說：「流浪漢如入生命的波濤洶湧的狂潮裏生活。」他不把生命緊緊地拿着，（普通人將生命握得太緊，反把生命弄僵化死了）卻做生命海中的弄潮兒，伸開他的柔軟身體，跟着波兒上下，他感覺到處處觸着生命，他身內的熱血也起共鳴。最能夠表現流浪漢這種的精神是美國放口高歌，不拘韻腳的惠提曼 Walt Whitman。他那本詩集《草之葉》Leaves of Grass 裏句句詩都露出流浪漢的本色，真可說是流浪漢的聖經。流浪漢生活所以那麼有味一半也由於他們的生活是很危險的。踢足球，當兵，爬懸崖峭壁……所以會那麼饒有趣味，危險性也是一個主因。在這個單調寡趣，平淡無奇的人生裏凡有血性的人們常常覺到不耐煩，聽到曠野的呼聲，原人時代嘯遊山林，到處狩獵的自由化做我們的本能，潛伏在黑禮服的裏面，因此我們時時想出外涉險，得個更充滿的不羈生活。萬頃波濤的大海誰也知道覆滅過無千無數的大船，可是年年都有許多盎格羅薩格遜的小孩戀着海上危險的生涯，寧願拋棄家庭的安逸，違背父母的勸諭，跑去過碧海蒼天中辛苦的水手生涯。海所以會有那麼大的魔力就是因為它是世上最危險的地方，而身心健全的好漢那個不愛冒險，愛慕海洋的生活，不僅是一「海上夫人」而已也。所以海洋能夠有小說家們像 Marryat，Cooper，Loti，Conrad，等等去描寫它，而他們的名著又能夠博多數人的同情。藹理斯曾把人生比做跳舞，若使世界真可說是個跳舞場，那麼流浪漢是醉眼朦朧，狂歡地跳二人旋轉舞的人們。規矩的先生們卻坐在小桌邊無精打采地喝無聊的咖啡，空對着似水的流年惆悵。

流浪漢在無限量地享受當前生活之外，他還有豐富的幻想做他的伴侶。Dickens 的《塊肉餘生述》裏面的 Micawber 在極窮困的環境中不斷地說「我們快交好運了」，這確是流浪漢的本色。他總是樂觀的，走的老是薔薇的路。他相信前途一定會光明，他的將來果然會應了他的預測，因為他一生中是沒有一天不是欣欣向榮的；就是悲哀時節，他還是肯定人生，痛痛快快地哭一陣後，他的淚珠已滋養大了希望的根苗。他信得過自己，所以他在事情還沒有做出之前，就先口說蓮花，說完了，另一個新的衝動又來了，他也忘卻自己講的話，那事情就始終沒有幹好。這種言行不能一致，孔夫子早已反對在前，可是這類英氣勃勃的矛盾是多麼可愛！藹理斯在他名著《生命的跳舞》裏說：「我們天天變更，世界也是天天變更，這是順着自然的路，所以我們表面的矛盾有時就全體來看卻是個深一層的一致。」（他的話大概是這樣，一時記不清楚。）流浪漢跟着自然一團豪興。想到那裏就說到那裏，他的生活是多麼有力。行為不一定是天下一切主意的唯一歸宿，有些微妙的主張只待說出已是值得讚美了，做出來或者反見累贅。神話同童話裏的世界那個不愛，雖然誰也知道這是不能實現的。流浪漢的快語在慘淡的人生上佈一層彩色的虹。這就很值得我們謝謝了，並且有許多事情起先自己以為不能勝任，若使說出話來，因此不得不努力去幹，倒會出乎意料地成功；倘然開頭先怕將來不好，連半句話也不敢露，一碰到障礙，就隨它去，那麼我們的作事能力不是一天天退化了。一定要言先乎事，做我們努力的刺激，生活才有興味，才有發展。就是有時失敗，富有同情的人們定會原諒，尖酸刻薄人們的同情是得不到的，並且是不值一文的。我們的行為全藉幻想來提高，所以 Masefield 說「缺乏幻想能力的人民是會滅亡的。」幻想同矛盾是

良好生活的經緯。流浪漢心裏想出七古八怪的主意，幹出離奇矛盾的事情。什麼傳統正道也束縛他不住，他真可說是自由的驕子，在他的眼睛裏，世界變做天國，因為他過的是天國裏的生活。

若使我們翻開文學史來細看，許多大文學家全帶有流浪漢氣味。Shakespeare 偷過人家的鹿，Ben Jonson，Merlowe 等都是 Mermaid Tavern 這家酒店的老主顧，Goldsmith 吳市吹簫，靠着他的口笛遍遊大陸，Steele 整天忙着躲債，Charles Lamd，Leigh Hunt 癲頭癲腦，吃大煙的 Coleridge，DeQuincey 更不用講了，拜倫，雪萊，濟茨那是誰也曉得的。就是 Wordsworth 那麼道學先生神氣，他在法國時候，也有過一個私生女，他有一首有名的十四行詩就是說這個女孩。目光如炬專說精神生活的塔果爾小孩時候最愛的是逃學。Browning 帶着人家的閨秀偷跑，Mrs. Browning 違着父親淫奔，前數年不是有位好事先生考究出 Dickens 年青時許多不軌的舉動，其他如 Swinburne，Stevenson 以及《黃書》雜誌那班唯美派作家那是更不用說了。為什麼偏是流浪漢才會寫出許多不朽的書，讓後來「君子」式的大學生整天整夜按部就班地念呢？頭一下因為流浪漢敢做敢說，不曉得掩飾求媚，委曲求全，所以他的話真摯動人。有時加上些瞞天大謊，那謊卻是那樣子大膽子地杜撰的，一般拘謹人和假君子所絕對不取說的，謊言因此有謊言的真實在，這真實是扯謊者的氣魄所逼成的。而且文學是個性的結晶，個性愈明顯，愈能夠坦白地表現出來，那作品就更有價值。流浪漢是具有出類拔萃的個性的人物，他們的思想同行事全有他們的特別性格的色彩，他們豪爽直截的性情使他們能夠把這種怪異的性格躍躍地呈現於紙上。斯密士說得不錯「天才是個流浪漢」，希臘哲學家講過知道自己最難，所以在世界文學裏寫得好的自傳很少，可是世界

中所流傳幾本不朽的自傳全是流浪漢寫的。Cellini 殺人不眨眼，並且敢明明白白地記下，他那回憶錄（Memoirs）過了幾千年還沒有失去光輝。Augustine 少年時放蕩異常，他的懺悔錄卻同托爾斯泰（他在莫斯科縱慾的事跡也是不可告人的）的懺悔錄、盧騷的懺悔錄同垂不朽。富蘭克林也是有名的流浪漢，不管他怎樣假裝做正人君子，他那浪子的骨頭總常常露出，只要一唸 Cobbett 攻擊他的文章就知道他是個多麼古怪一個人。DeQuincey 的《英國一個吃鴉片人的懺悔錄》，這個名字已經可以告訴我們那內容了。做《羅馬衰亡史》的 Gibbon，他年青時候愛同教授搗亂，他那本薄薄的自傳也是個愉快的讀物。Jeffries 一心全在自然的美上面，除開遊蕩山林外，什麼也不注意，他那《心史》是本冰雪聰明，微妙無比的自白。記得從前美國一位有錢老太太希望她的兒子成個文學家，寫信去請教一位文豪，這位文豪回信說：「每年給他幾千鎊，讓他自己鬼混去吧。」這實在是培養創造精神的無上辦法。我希望想寫些有生氣的文章的大學生不死滯在文科講堂裏，走出來當一當流浪漢罷。最近半年北大的停課對於中國將來文壇大有裨益，因為整天沒有事只好逛市場跑前門的文科學生免不了染些流浪漢氣息。這種千載一時的機會，希望我那些未畢業的同學們好好地利用，免貽後悔。

前幾年才死去的一位英國小說家 Conrad 在他的散文集《人生與文學》內，談到一位有流浪漢氣的作家 Luffmann，說起有許多少女讀他的書以後，寫信去向他問好，不禁醋海生波，顧影自憐地（雖然他是老舟子出身）歎道：「我平生也寫過幾本故事（我不願意無聊地假假自謙）既屬紀實，又很有趣。可是沒有女人用溫柔的話寫信給我。為什麼呢？只是因為我沒有他那種流浪漢氣。家庭中可

愛的專制魔王對於這班無法無天的人物偏動起憐惜的心腸。」流浪漢確是個可愛的人兒，他具有完全男性，情懷瀟灑，磊落大方，那個懷春的女兒見他不會傾心。俗語說「痴心女子負心漢」。就是因為負心漢全是處處花草顛連的浪子，什麼事情都不放在心頭，他那痛快淋漓的氣概自然會叫那老被人拘在深閨裏的女孩兒一見心傾，後來無論他怎地負心總是痴心地等待着。中古的貴女愛騎士，中國從前的美人愛英雄總是如花少女對於風塵中飄蕩人的一往情深的表現。紅拂的夜奔李靖，烏江軍帳裏的虞姬，隨着范蠡飄蕩五湖的西施⋯⋯這些例子也不知道有多少。清朝上海窰子愛娵馬夫，現在電影明星娵汽車夫，姨太太跟馬弁偷情也是同樣的道理。總之流浪漢天生一種叫人看着不得不愛的情調，他那種古怪莫測的行徑剛中女人愛慕熱情的易感心靈。豈只女人的心見着流浪漢會熔，我們不是有許多瞎鬧胡亂用錢行事乖張的朋友，常常向我們借錢搗亂，可是我們始終戀着他們率直的態度，對他們總是憐愛幫忙。天下最大的流浪漢是基督教裏的魔鬼。可是那個人心裏不喜歡魔鬼。在莎士比亞以前英國神話劇盛行時候，丑角式的魔鬼一上場，大家都忙着拍手歡迎，魔鬼的一舉一動看客必定跟着捧腹大笑。Robert Lynd 在他的小品文集《橘樹》裏〈論魔鬼〉那篇中說「《失樂園》詩所說的撒旦在我們想像中簡直等於兒童故事裏面偉大英猛的海盜。」凡是兒童都愛海盜，許多人唸了《密爾敦史詩》覺得詭譎的撒旦比板板的上帝來得有趣得多。魔鬼的堪愛地方太多了，不是隨便說得完，留得將來為文細論。

清末有幾位王公貝勒常在夏天下午換上叫花子的打扮，偷跑到什剎海路旁口唱蓮花向路人求乞，黃昏時候才解下百衲衣回王府去。我在北京住了幾年，心中很羨慕旗人知道享樂人生，這事也是

一個證明。大熱天氣裏躺在柳陰底下，順口唱些歌兒，自在地飽看來往的男男女女；放下朝服，着半件輕輕的破衫，嘗一嘗暫時流浪漢生活的滋味，這是多麼知道享受人生。戲子的生活也是很有流浪漢的色彩，粉墨登場，去博人們的笑和淚，自己彷彿也變做戲中人物，清末宗室有幾位很常上台串演，這也是他們會尋樂地方。白浪滔天半生奔走天下，最後入藝者之家，做一個門弟子，他自己不勝感慨，我卻以為這真是浪人應得的涅槃。不管中外，戲子女優必定是人們所喜歡的人物全靠着他們是社會中最顯明的流浪漢。Dickens 的小說所以會那麼出名，每回出版新書時候，要先通知警察到書店門口守衛，免得購書的人爭先恐後打起架來，也是因為他書內大腳色全是流浪漢，Pickwick 俱樂部那四位會員和他們周遊中所遇的人們，《雙城記》中的 Carton 等等全是第一等的流浪漢。《儒林外史》的杜少卿，《水滸》的魯智深，《紅樓夢》的柳二郎，《老殘遊記》的補殘老是深深地刻在讀者的心上，變成模範的流浪漢。

流浪漢自己一生快活，並且憑空地佈下快樂的空氣，叫人們看到他們也會高興起來，說不出地喜歡他們，難怪有人說「自然創造我們時候，我們個個都是流浪漢，是這俗世把我們弄成個講究體面的規矩人。」在這點我要學着盧騷，高呼「返於自然」。無論如何，在這麻木不仁的中國，流浪漢精神是一服極好的興奮劑，最需要的強心針。就是把什麼國家，什麼民族一筆勾銷，我們也希望能夠過個有趣味的一生，不像現在這樣天天同不好不壞，不進不退的先生們敷衍。寫到這裏，忽然記起東坡一首《西江月》覺得很能道出流浪漢的三昧，就抄出做個結論罷！

照野瀰瀰淺浪，
橫空隱隱層霄，
障泥未解玉驄驕，
我欲醉眠芳草。

可惜一溪風月，
莫教蹋碎瓊瑤，
解鞍攲枕綠楊橋，
杜宇一聲春曉。

「頃在黃州，春夜行蘄水中，過酒家，飲酒醉。乘月至一溪橋上，解鞍曲肱，醉臥少休。及覺已曉，亂山攢擁，流水鏘鏘，疑非塵世也。書此語橋柱上。」

十八年除夕之前二日於福州

（選自《春醪集》，上海：北新書局，1930 年）

「春朝」一刻值千金
(懶惰漢的懶惰隨想頭之一)

梁遇春

　　十年來，求師訪友，足跡走遍天涯，回想起來給我最大益處的卻是「遲起」，因為我現在腦子裏所有些聰明的想頭，靈活的意思多半是早上懶洋洋地賴在牀上想出來的。我真應該寫幾句話讚美它一番，同時還可以告訴有志的人們一點遲起藝術的門徑。談起藝術，我雖然是門外漢，不過對於遲起這門藝術倒可說是一位行家，因為我既具有明察秋毫的批評能力，又帶了甘苦備嘗的實踐精神。我天天總是在可能範圍之內，盡量地滯在牀上——那是我們的神廟——看着射在被上的日光，暗笑四圍人們無謂的匆忙，回味前夜的痴夢——那是比做夢還有意思的事，——細想遲起的好處，唯我獨尊地躺着，東倒西傾的小房立刻變做一座快樂的皇宮。

　　詩人畫家為着要追求自己的幻夢，實現自己的痴願，寧可犧牲一切物質的快樂，受盡親朋的詬罵，他們從藝術裏能夠得到無窮的安慰，那是他們真實的世界，外面的世界對於他們反變成一個空虛。遲起藝術家也具有同等的精神。區區雖然不是一個遲起大師，但是對於本行藝術的確有無限的熱忱——藝術家的狂熱。所以讓我拿自己做個例子罷。當我是個小孩時候，我的生活由家庭替我安排，毫無藝術的自覺，早上六點就起來了。後來到北方唸書去，北方的天氣是培養遲起最好的沃土，許多同學又都是程度很高的遲起

藝術專家，於是絕好的環境同朋輩的切磋使我領略到遲起的深味，我的忠於藝術的熱度也一天一天地增高。暑假年假回家時期，總在全家人吃完了早飯之後，我才敢動起牀的念頭。老父常常對我説清晨新鮮空氣的好處，母親有時提到重溫稀飯的麻煩，慈愛的祖母也屢次向我姑母説「早起三日當一工」（我的姑母老是起得很早的），我雖然萬分不願意失丟大人們的歡心，但是為着忠於藝術的緣故，居然甘心得罪老人家。後來老人家知道我是無可救藥的，反動了憐惜的心腸，他們早上九點鐘時候走過我的房門前還是用着足尖；人們溫情地放縱我們的弱點是最容易刺動我們麻木的良心，但是我總捨不得違棄了心愛的藝術，所以還是懊悔地照樣地高臥。在大學裏，有幾位道貌岸然的教授對於遲到學生總是白眼相待，我不幸得很，老做他們白眼的鵠的，也曾好幾次下個決心早起，免得一進教室的門，就受兩句冷諷，可是一年一年地過去我足足受了四年的白眼待遇，裏頭的苦處是別人想不出來的。有一年寒假住在親戚家裏，他們晚飯的時間是很早的，所以一醒來，腹裏就咕隆地響着，我卻按下飢腸，故意想出許多有趣事情，使自己忘卻了肚餓，有時餓出汗來，還是堅持着非到十時是不起來的，對於藝術我是多麼忠實，情願犧牲。枵腹做詩的愛侖波，真可説是我的同志。後來入世謀生，自然會忽略了藝術的追求；不過我還是盡量地保留一向的熱誠，雖然已經是夠墮落了。想起我個人因為遲起所受的許多説不出的苦痛，我深深相信遲起是一門藝術，因為只有藝術才會這樣帶累人，也只有藝術家才肯這樣不變初衷地往前犧牲一切。

但是從遲起我也得到不少的安慰，總夠補償我種種的苦痛。遲起給我最大的好處是我沒有一天不是很快樂地開頭的。我天天起來總是心滿意足的，覺得我們住的世界無日不是春天，無處不是樂

園。當我神怡氣舒地躺着時候，我常常記起勃浪寧的詩：「上帝在上，萬物各得其所。」（魚游水裏，鳥棲樹枝，我臥牀上。）人生是短促的，可是若使我們有過光榮的青春，我們的一生就不能算是虛度，我們的殘年很可以傍着火爐，曬着太陽在回憶裏過日子。同樣地一天的光陰是很短促的，可是若使我們有過光榮的早上（一半時間花在牀上的早晨！）我們這一天就不能説是白丢了，我們其餘時間可以用在追憶清早的幸福，我們青年時期若使是欣歡的結晶，我們的餘生一定不會很淒涼的，青春的快樂是有影子留下的，那影子好似帶了魔力，慘淡的老年給它一照，也呈出和藹慈祥的光輝。我們一天裏也是一樣的，人們不是常説：一件事情好好地開頭，就是已經成功一半了；那麼賞心悦意的早晨是一天快樂的先導。遲起不單是使我天天快活地開頭，還叫我們每夜高興地結束這個日子；我們夜夜去睡時候，心裏就預料到明早遲起的快樂——預料中的快樂是比當時的享受，味還長得多——這樣子我們一天的始終都是給生機活潑的快樂空氣圍住，這個可愛的昇平景象卻是遲起一手做成的。

　　遲起不僅是能夠給我們這甜蜜的空氣，它還能夠打破我們結結實實的苦悶。人生最大的愁憂是生活的單調。悲劇是很熱鬧的，怪有趣的，只有那不生不死的機械式生活才是最無聊賴的。遲起真是唯一的救濟方法。你若使感到生活的沉悶，那麼請你多睡半點鐘（最好是一點鐘），你起來一定覺得許多要幹的事情沒有時間做了，那麼是非忙不可——「忙」是進到快樂宮的金鑰，尤其那自己找來的忙碌。忙是人們體力發泄最好的法子，亞里士多德不是説過人的快樂是生於能力變成效率的暢適。我常常在辦公時間五分鐘以前起牀，那時候洗臉拭牙進早餐，都要用最快的速度完成，全變做最浪漫的舉動，當牙膏四濺，臉水橫飛，一手拿着頭梳，對着鏡子，

一面吃麵包時節，誰會說人生是沒有趣味呢？而且當時只怕過了時間，心中充滿了冒險的情緒。這些暗地曉得不礙事的冒險興奮是頂可愛的東西，尤其是對於我們這班不敢真真履險的懦夫。我喜歡北方的狂風，因為當我們衝着黃沙望前進的時候，我們彷彿是斬將先登，衝鋒陷陣的健兒，跟自然的大力肉搏，這是多麼可歌可泣的壯舉，同時除開耳孔鼻孔塞點沙土外，絲毫危險也沒有，不管那時是怎地像煞有介事樣子。冒險的嗜好那個人沒有，不過我們膽小，不願白丟了生命，仁愛的上帝，因此給我們捲地蔽天的颶風，做我們安穩冒險的材料。住在江南的可憐蟲，找不到這一天賜的機會，只得英雄做時勢，遲些起來，自己創造機會。就是放假期間，十時半起牀，早餐後抽完了煙，已經十一時過了，一想到今天打算做的事情一件也沒有動手，趕緊忙着起來──天下裏還有比無事忙更有趣味的事嗎？若使你因為遲起挨到人家的閒話，那最少也可以打破你日常一波不興無聲無臭的生活。我想凡是嘗過生活的深味的人一定會說痛苦比單調灰色生活強得多，因為痛苦是活的，灰色的生活卻是死的象徵。遲起本身好似是很懶惰的，但是它能夠給我們最大的活氣，使我們的生活跳動生姿；世上最懶惰不過的人們是那般黎明即起，老早把事做好，坐着呆呆地打呵欠的人們。遲起所有的這許多安慰，除開藝術，我們那裏還找得出來呢？許多人現在還不明白遲起的好處，這也可以證明遲起是一種藝術，因為只有藝術人們才會這樣地不去睬它。

現在春天到了，「春宵苦短日高起」，五六點鐘醒來，就可以看見太陽，我們可以醉也似地躺着，一直躺了好幾個鐘頭，靜聽流鶯的巧囀，細看花影的慢移，這真是遲起的絕好時光。能讓我們天天多躺一會兒罷，別辜負了這一刻千金的「春朝」。

《懶惰漢的懶惰想頭》是當代英國小品文家 Jerome K. Jerome 的文集名字（*Idle Thoughts of an Idle Fellow*），集裏所說的都是拉閒扯散，瞎三道四的廢話，可是自帶有幽默的深味，好似對於人生有比一般人更微妙的認識同玩味——這或者只是因為我自己也是懶惰漢，官官相衛，惺惺惜惺惺，那麼也好，就隨它去罷。「春宵一刻值千金」這句老話，是誰也知道的，我覺得換一個字，就可以做我的題目。連小小二句題目，都要東抄西襲湊合成的，不肯費心機自己去做一個，這也可以見我的懶惰了。

　　在副題目底下加了「之一」兩字，自然是指明我還要繼續寫些這類無聊的小品文字，但是什麼時候會寫第二篇，那是連上帝都不敢預言的，我是那麼懶惰。有時晚上想好了意思，第二天起得太早，心中一懊悔，什麼好意思都忘卻了。

（選自《春醪集》，上海：北新書局，1930 年）

言志篇

林語堂

　　古人言士各有志，不過言志並不甚易。在言志時，無意中還是「載道」，八分為人，二分為己，所以失實，況且中國人有一種壞脾氣，留學生煉牛皮，必不肯言煉牛皮之志，而文之曰「實業救國」。假如他的哥哥到美國學農業，回來開牛奶房，也不肯言牛奶房之志，只說是「農村立國」。《論語・言志篇》，子路，冉求，公西華，各有一大篇載道議論，雖然經「夫子哂之」，一點也尚不敢率爾直言，須經夫子鼓勵一番，謂「何傷乎？亦各言其志也！」始有「春服既成」一段真正言志的話。不圖方巾氣者所必吐棄之小小志尚，反得孔子之讚賞。孔子之近情，與方巾氣者之不近情，正可於此中看出。此姑且撇過不談。常言男子志在四方，實則各人於大志之外，仍不免有個人所謂理想生活。要人掛冠，也常有一番言志議論，便是言其理想生活。或是歸田養母，或是出洋留學，但這也不過一時說說而已。向來中國人得意時信儒教，失意時信道教，所以來去出入，都有照例文章，嚴格的言，也不能算為真正的言志。

　　據說古希臘有聖人代阿今尼思，一日正在街上滾桶中曬日，遇見亞力山大帝來問他有何所請。代阿今尼思客氣的答曰：請皇帝稍微站開，不要遮住太陽，便感恩不盡了。這似乎是代阿今尼思的志願。他是一位清心寡慾的人，冬夏只穿一件破衲，坐臥只在一隻滾桶中。他說人的慾願最少時，便是最近於神仙快樂之境。他本有一

隻飲水的杯，後來看見一孩子用手舀水而飲，也就毅然將杯拋棄，於是他又覺得比前少了一種罣礙，更加清淨了。

代阿今尼思的故事，常叫人發笑，因為他所代表的理想，正與現代人相反。近代人是以一人的慾願之繁多為文化進步的衡量。老實說，現代人根本就不知他所要的是什麼。在這種地方，發見許多矛盾，一面提倡樸素，又一面捨不得洋樓汽車。有時好說金錢之害，有時卻被財魔纏心，做出許多尷尬的事來。現代人聽見代阿今尼思的故事，不免生羨慕之心，卻又捨不得要看一張真正好的嘉寶的影片。於是乃有所謂言行之矛盾，及心靈之不安。

自然，要爽爽快快打倒代阿今尼思主張，並不很難。第一，代阿今尼思生於南歐天氣溫和之地。所以寒地女子，要穿一件皮大氅，也不必於心有愧。第二，凡是人類，總應該至少有兩套裏衣，可以替換。在書上的代阿今尼思，也許好像一身仙骨，傳出異香來，而在實際上，與代阿今尼思同牀共被，便不怎樣爽神了。第三，將這種理想貫注於小學生腦中，是有害的，因為至少教育須養成學子好書之心，這是代阿今尼思所絕對不看的。第四，代阿今尼思生時，尚未有電影，也未有 Mickey Mouse 的滑稽影戲畫，無論大人小孩說他不要看 Mickey Mouse，一定是已失其赤子之心，這種朽腐的魂靈，再不會於吾人文化有什麼用處。總而言之，一人對於環境，能隨時注意，理想興奮，慾願繁複，比一枯槁待斃的人，心靈上較豐富，而於社會上也比較有作為。乞丐到了過屠門而不大嚼時，已經是無用的廢物了。諸如此類，不必細述。

代阿今尼思所以每每引人羨慕者，毛病在我們自身。因為現代人實在慾望太奢了，並且每不自知所慾為何物。富家婦女一天打

幾圈麻將，也自覺麻煩。電影明星在燈紅酒綠的交際上，也自有其覺到不勝煩躁，而只求一小家庭過清淨生活之時。朝朝寒食，夜夜元宵之人，也有一日不勝其膩煩之覺悟。若西人百萬富翁之青年子弟，一年渡大西洋四次，由巴黎而南美洲，而尼司，而紐約，而蒙提卡羅，實際上只在躲避他心靈的空虛而已。這種人常會起了一念，忽然跑入僧寺或尼姑庵，這是報上所常見的事實。

我想在各人頭腦清淨之時，盤算一下，總會覺得我們決不會做代阿今尼思的信徒，總各有幾樣他所求的志願。我想我也有幾種願望，只要有志去求，也並非絕不可能的事。要在各人看清他的志操，有相當的抱負，求之在己罷了。這倒不是外方所能移易。茲且舉我個人理想的願望如下，這些願望十成中能得六七成，也就可算為幸福兒了。

我要一間自己的書房，可以安心工作。並不要怎樣清潔齊整。不要一位 *Story of San Michele* 書中的 Madamoiselle Agathe 拿她的揩布到處亂揩亂擦。我想一人的房間，應有幾分凌亂，七分莊嚴中帶三分隨便，住起來才舒服，切不可像一間和尚的齋堂，或如府第中之客室。天羅板下，最好掛一盞佛廟的長明燈，入其室，稍有油煙氣味。此外又有煙味，書味，及各種不甚了了的房味，最好是沙發上置一小書架，橫陳各種書籍，可以隨意翻讀。種類不要多，但不可太雜，只有幾種心中好讀的書，又幾次重讀過的書——即使是天下人皆詈為無聊的書也無妨。不要理論太牽強板滯乏味之書，但也沒什麼一定標準，只以合個人口味為限。西洋新書可與《野叟曝言》雜陳，《孟德斯鳩》可與《福爾摩斯》小說並列。不要時髦書，

馬克斯，T. S. Elliot，James Joyces 等，袁中郎有言，「讀不下去之書，讓別人去讀」便是。

我要幾套不是名士派但亦不甚時髦的長褂，及兩雙稱腳的舊鞋子。居家時，我要能隨便閒散的自由。雖然不必效顧千里裸體讀經，但在熱度九十五以上之熱天，卻應許我在傭人面前露了臂膀，穿一短背心了事。我要我的傭人隨意自然，如我隨意自然一樣。我冬天要一個暖爐，夏天一個澆水浴房。

我要一個可以依然故我不必拘牽的家庭。我要在樓下工作時，聽見樓上妻子言笑的聲音，而在樓上工作時，聽見樓下妻子言笑的聲音。我要未失赤子之心的兒女，能同我在雨中追跑，能像我一樣的喜歡澆水浴。我要一小塊園地，不要有遍鋪綠草，只要有泥土，可讓小孩搬磚弄瓦，澆花種菜，餵幾隻家禽。我要在清晨時，聞見雄雞喔喔啼的聲音。我要房宅附近有幾顆參天的喬木。

我要幾位知心友，不必拘守成法，肯向我盡情吐露他們的苦衷。談話起來，無拘無礙，《柏拉圖》與《品花寶鑒》唸得一樣爛熟。幾位可與深談的友人。有癖好，有主張的人，同時能尊重我的癖好與我的主張，雖然這些也許相反。

我要一位能做好的清湯，善燒清菜的好廚子。我要一位很老的老僕，非常佩服我，但是也不甚了了我所做的是什麼文章。

我要一套好藏書，幾本明人小品，壁上一幀李香君畫像讓我供奉，案頭一盒雪茄，家中一位了解我的個性的夫人，能讓我自由做我的工作。酒卻與我無緣。

我要院中幾顆竹樹，幾顆梅花。我要夏天多雨冬天爽亮的天氣，可以看見極藍的青天，如北平所見的一樣。

　　我要有能做我自己的自由，和敢做我自己的膽量。

（選自《我的話》，上海：時代圖書公司，1934 年）

秋天的況味

林語堂

　　秋天的黃昏，一人獨坐在沙發上抽煙，看煙頭白灰之下露出紅光，微微透露出暖氣，心頭的情緒便跟着那藍煙繚繞而上，一樣的輕鬆，一樣的自由。不轉眼繚煙變成縷縷的細絲，慢慢不見了，而寥那時，心上的情緒也跟着消沉於大千世界，所以也不講那時的情緒，而只講那時的情緒的況味。待要再劃一根洋火，再點起那已點過三四次的雪茄，卻因白灰已積得太多，點不着，乃輕輕地一彈，煙灰靜悄悄的落在銅爐上，其靜寂如同我此時用毛筆寫在中紙上一樣，一點的聲息也沒有。於是再點起來，一口一口地吞雲吐霧，香氣撲鼻，宛如偎紅倚翠溫香在抱的情調。於是想到煙，想到這煙一股溫煦的熱氣，想到室中繚繞暗淡的煙霞，想到秋天的意味。這時才憶起，向來詩文上秋的含義，並不是這樣的，使人聯想的是肅殺，是淒涼，是秋扇，是紅葉，是荒林，是姜草。然而秋確有另一意味，沒有春天的陽氣勃勃，也沒有夏天的炎烈迫人，也不像冬天之全入於枯槁凋零。我所愛的是秋林古氣磅礡氣象。有人以老氣橫秋罵人，可見是不懂得秋林古色之滋味。在四時中，我於秋是有偏愛的，所以不妨說說。秋是代表成熟，對於春天之明媚嬌豔，夏日之茂密濃深，都是過來人，不足為奇了，所以其色淡，葉多黃，有古色蒼龍之慨，不單以蔥翠爭榮了。這是我所謂秋天的意味。大概我所愛的不是晚秋，是初秋，那時暄氣初消，月正圓，蟹正肥，桂

花皎潔，也未陷入凜烈蕭瑟氣態，這是最值得賞樂的。那時的溫和，如我煙上的紅灰，只是一股薰熟的溫香罷了。或如文人已排脫下筆驚人的格調，而漸趨純熟練達，宏毅堅實，其文讀來有深長意味。這就是莊子所謂「正得秋而萬寶成」結實的意義。在人生上最享樂的就是這一類的事。比如酒以醇以老為佳。煙也有和烈之辨。雪茄之佳者，遠勝於香煙，因其氣味較和。倘是燒得得法，慢慢的吸完一枝，看那紅光炙發，有無窮的意味。鴉片吾不知，然看見人在煙燈上燒，聽那微微嗶剝的聲音，也覺得有一種詩意。大概凡是古老，純熟，薰黃，熟練的事物，都使我得到同樣的愉快。如一隻薰黑的陶鍋在烘爐上用慢火燉豬肉時所發出的鍋中徐吟的聲調。是使我感到同觀人燒大煙一樣的興趣。或如一本用過二十年而尚未破爛的字典，或是一張用了半世的書桌，或如看見街上一塊薰黑了老氣橫秋的招牌，或是看見書法大家蒼勁雄深的筆跡，都令人有相同的快樂。人生世上如歲月之有四時，必須要經過這純熟時期，如女人發育健全遭遇安順的，亦必有一時徐娘半老的風韻，為二八佳人所絕不可及者。使我最佩服的是鄧肯的佳句：「世人只會吟詠春天與戀愛，真無道理。須知秋天的景色，更華麗，更恢奇，而秋天的快樂有萬倍的雄壯，驚奇，都麗。我真可憐那些婦女識見褊狹，使她們錯過愛之秋天的宏大的贈賜。」若鄧肯者，可謂識趣之人。

（選自《我的話》，上海：時代圖書公司，1934 年）

人生快事

柯靈

　　據說中國已經「統一」，外禦其侮的工作也將開始。新聞紙的為用，因此也更其「大矣哉」起來。每天翻報，送給我們的都是些好消息：什麼成立紀念的「隆重典禮」，主席巡行返京的「軍樂禮炮」，以及「印象極佳」的談話之類，真是洋洋乎一片太平景象。二十一日的上海某報上，還用整版的篇幅，登出兩位名流的少爺小姐的「嘉禮特刊」。

　　特刊開頭，就是一篇闡明「人生真正第一快事」的名文，説昔人以為雪夜閉門讀禁書，是人生第一快事，其實那還不過是一時之快；唯有洞房春暖，美眷如花，真個消魂以外，將來大量生產，十年生眾，以紓國難，才子佳人底下，接着就是忠臣義士，這才真的是樂事無涯，結婚為最。説得讀者都飄飄然起來了。

　　然而仔細一想，恐怕也未必盡然。

　　昔人所讀的禁書，大約不是《唯物論》、《國難記》，或者魯迅等左翼作家的著作；倒是把才子佳人的「嘉言懿行」描寫得比較澈底的《金瓶梅》、《肉蒲團》等的所謂淫書吧？昔之儒者，雖然一樣的會性交，而公然閱讀淫書，卻難免遭受物議。雪夜孤燈，重門深鎖，一卷在手，看得口涎直流，想來也的確「快哉」。但「革命成功」，世情一變，《金瓶梅》早經印成「珍本」發售，有些報上也日有「豔情小説」可讀；有一個時期，張競生博士編《性史》，

人生快事　181

開書店，登皇皇廣告，「第三種水」也可以從女店員手裏買到，禁書之味，早已沒有了。現在成為「禁書」的，卻萬萬染指不得：思想自由，雖有明文；一讀禁書，就要攸關性命。雪夜閉門，不料巡捕破關而入，翻箱倒篋地搜查一通之後，一翻白眼，喝道：「行[1]裏去！」而看的也許只是一份《救國日報》。記得香港有一位青年，因為在箱子裏被查出一本紅封面的《吶喊》，曾罹殺身之禍。——今日讀禁書，「快事」云乎哉！

結婚是快樂的，但恐怕也要以名公巨紳的少爺小姐為限。倘在窮小子，一旦結婚，就是終身重累。「半夜睡在郎身邊，半夜睡在債身邊」，這是俗語，大約也很古了，倒是今古一例地流行着。

「十年生聚」（姑作「生」孩子解），勾踐以此復國，對的。但底下還有「十年教養」。名公巨紳記住了前一句，又沉酒於「洞房春暖」之樂，編號娶妾，論打生兒，快事既然無窮，產量也真豐富。作起壽來，兒孫繞膝，客人驚歎似地打拱作揖，說道：「老兄真是福氣！」不久小姐少爺也可以嫁娶了，於是世代相沿，繼續乃祖乃宗的盛業。這倒確是頗合於中國古訓的人生觀！

大世界闔家老小跳樓自殺的是例外，因為他們窮。

大家都說國難嚴重，這當然是千真萬確的事實。可是如何自拯於危亡呢？侵略者略一鬆手，便覺天下太平，國事大有可為，固然是可怕的自我陶醉。大家都來結婚，生聚教養，如果照現狀推究下去，照碼對折，不必十年，怕早已遭受亡國之慘了。

---

1. 行：巡捕房的別稱。

插科打諢的把戲，還是暫時收起來吧。

不過結婚畢竟是值得慶祝的事，讓我也來祝他們「百年偕老，五世其昌」吧。因為能夠如此，總還算是「國人之福」！

一九三七年

（選自《柯靈雜文集》，北京：三聯書店，1984 年）

撩天兒

朱自清

《世說新語・品藻》篇有這麼一段兒：

> 王黃門兄弟三人俱詣謝公。子猷，子重多說俗事，子敬寒溫而已。既出，坐客問謝公，「向三賢孰愈？」謝公曰，「小者最勝。」客曰，「何以知之？」謝公曰，「『吉人之辭寡，躁人之辭多，』推此知之。」

王子敬只談談天氣，謝安引《易・繫辭傳》的句子稱讚他話少的好。《世說》的作者記他的兩位哥哥「多說俗事」，那麼，「寒溫」就是雅事了。「寡言」向來認為美德，原無雅俗可說；謝安所讚美的似乎是「寒溫『而已』」，劉義慶所着眼的卻似乎是「『寒溫』而已」，他們的看法是不一樣的。

「寡言」雖是美德，可是「健談」，「談笑風生」，自來也不失為稱讚人的語句。這些可以說是美才，和美德是兩回事，卻並不互相矛盾，只是從另一角度看人罷了。只有「花言巧語」才真是要不得的。古人教人寡言，原來似乎是給執政者和外交官說的。這些人的言語關係往往很大，自然是謹慎的好，少說的好。後來漸漸成為明哲保身的處世哲學，卻也有它的緣故。說話不免陳述自己，評論別人。這些都容易落把柄在聽話人的手裏。舊小說裏常見的「逢人只說三分話，未可全拋一片心」，就是教人少陳述自己。《女兒

經》裏的「張家長，李家短，他家是非你莫管」，就是教人少評論別人。這些不能說沒有道理。但是說話並不一定陳述自己，評論別人，像談談天氣之類。就是陳述自己，評論別人，也不一定就「全拋一片心」，或道「張家長，李家短」。「戲法人人會變，各有巧妙不同」，這兒就用得着那些美才了。但是「花言巧語」卻不在這兒所謂「巧妙」的裏頭，那種人往往是別有用心的。所謂「健談」，「談笑風生」，卻只是無所用心的「閒談」，「談天」，「撩天兒」而已。

「撩天兒」最能表現「閒談」的局面。一面是「天兒」，是「閒談」少不了的題目，一面是「撩」，「閒談」只是東牽西引那麼回事。這「撩」字抓住了它的神兒。日常生活裏，商量，和解，乃至演說，辯論等等，雖不是別有用心的說話，卻還是有所用心的說話。只有「閒談」，以消遣為主，才可以算是無所為的，無所用心的說話。人們是不甘靜默的，愛說話是天性，不愛說話的究竟是很少的。人們一輩子說的話，總計起來，大約還是閒話多，廢話多；正經話太用心了，究竟也是很少的。

人們不論怎麼忙，總得有休息；「閒談」就是一種愉快的休息。這其實是不可少的。訪問，宴會，旅行等等社交的活動，主要的作用其實還是閒談。西方人很能認識閒談的用處。十八世紀的人說，說話是「互相傳達情愫，彼此受用，彼此啟發」的。十九世紀的人說，「談話的本來目的不是增進知識，是消遣」。二十世紀的人說，「人的百分之九十九的談話並不比蒼蠅的哼哼更有意義些；可是他願意哼哼，願意證明他是個活人，不是個蠟人。談話的目的，多半不是傳達觀念，而是要哼哼。」

「自然，哼哼也有高下；有的像蚊子那樣不停的響，真教人生氣。可是在晚餐會上，人寧願作蚊子，不願作啞子。幸而大多數的哼哼是悅耳的，有些並且是快心的。」看！十八世紀還說「啟發」，十九世紀只說「消遣」，二十世紀更只說「哼哼」，一代比一代乾脆，也一代比一代透徹了。閒談從天氣開始，古今中外，似乎一例。這正因為天氣是個同情的話題，無人不知，無人不曉，而又無需乎陳述自己或評論別人。劉義慶以為是雅事，便是因為談天氣是無所為的，無所用心的。但是後來這件雅事卻漸漸成為雅俗共賞了；閒談又叫「談天」，又叫「撩天兒」，一面見出天氣在閒談裏的重要地位，一面也見出天氣這個話題已經普遍化到怎樣程度。因為太普遍化了，便有人嫌它古老，陳腐；他們簡直覺得天氣是個俗不可耐的題目。於是天氣有時成為笑料，有時跑到諷刺的筆下去。

有一回，一對未婚的中國夫婦到倫敦結婚登記局裏，是下午三四點鐘了，天上雲沉沉的，那位管事的老頭兒卻還笑着招呼說，「早晨好！天兒不錯，不是嗎？」朋友們傳述這個故事，都當作笑話。魯迅先生的《立論》也曾用「今天天氣哈哈哈」諷刺世故人的口吻。那位老頭兒和那種世故人來的原是「客套」話，因為太「熟套」了，有時就不免離了譜。但是從此可見談天氣並不一定認真的談天氣，往往只是招呼，只是應酬，至多也只是引子。笑話也罷，諷刺也罷，哼哼總得哼哼的，所以我們都不斷的談着天氣。天氣雖然是個老題目，可是風雲不測，變化多端，未必就是個腐題目；照實際情形看，它還是個好題目。去年二月美大使詹森過昆明到重慶去。昆明的記者問他，「此次經滇越路，比上次來昆，有何特殊觀感？」他答得很妙：「上次天氣炎熱，此次氣候溫和，天朗無雲，

旅行甚為平安舒適。」這是外交辭令，是避免陳述自己和評論別人的明顯的例子。天氣有這樣的作用，似乎也就無可厚非了。

談話的開始難，特別是生人相見的時候。從前通行請教「尊姓」，「台甫」，「貴處」，甚至「貴庚」等等，一半是認真——知道了人家的姓字，當時才好稱呼談話，雖然隨後大概是忘掉的多——，另一半也只是哼哼罷了。自從有了介紹的方式，這一套就用不着了。這一套裏似乎只有「貴處」一問還可以就答案發揮下去；別的都只能一答而止，再談下去，就非換題目不可，那大概還得轉到天氣上去，要不然，也得轉到別的一些瑣屑的節目上去，如「幾時到的？路上辛苦吧？是第一次到這兒罷？」之類。用介紹的方式，談話的開始更只能是這些節目。若是相識的人，還可以說「近來好吧？」「忙得怎麼樣？」等等。這些瑣屑的節目像天氣一樣是哼哼調兒，可只是特殊的調兒，同時只能說給一個人聽，不像天氣是普通的調兒，同時可以說給許多人聽。所以天氣還是打不倒的談話的引子——從這個引子可以或斷或連的牽搭到四方八面去。

但是在變動不居的非常時代，大家關心或感興趣的題目多，談話就容易開始，不一定從天氣下手。天氣跑到諷刺的筆下，大概也就在這當兒。我們的正是這種時代。抗戰，轟炸，政治，物價，歐戰，隨時都容易引起人們的談話，而且盡夠談一個下午或一個晚上，無須換題目。新聞本是談話的好題目，在平常日子，大新聞就能夠取天氣而代之，何況這時代，何況這些又都是關切全民族利害的！政治更是個老題目，向來政府常禁止人們談，人們卻偏愛談。袁世凱、張作霖的時代，北平茶樓多掛着「莫談國事」的牌子，正見出人們的愛談國事來。但是新聞和政治總還是跟在天氣後頭的

多，除了這些，人們愛談的是些逸聞和故事。這又全然回到茶餘酒後的消遣了。還有性和鬼，也是閒談的老題目。據說美國有個化學家，專心致志的研究他的化學，差不多不知道別的，可就愛談性，不惜一晚半晚的談下去。鬼呢，我們相信的明明很少，有時候卻也可以獨佔一個晚上。不過這些都得有個引子，單刀直入是很少的。

談話也得看是哪一等人。平常總是地位差不多職業相近似的人聚會的時候多，話題自然容易找些。若是聚會裏夾着些地位相殊或職業不近的人，那就難點兒。引子倒是有現成的，如上文所說種種，也盡夠用了，難的是怎樣談下去。若是知識或見聞夠廣博的，自然可以抓住些新題目，適合這些特殊的客人的興趣，同時還不至於冷落了別人。要不然，也可以發揮自己的熟題目，但得說成和天氣差不多的雅俗共賞的樣子。話題就難在這「共賞」或「同情」上頭。不用說，題目的性質是一個決定的因子。可是無論什麼地位什麼職業的人，總還是人，人情是不相遠的。誰都可以談談天氣，就是眼前的好證據。雖然是自己的熟題目，只要揀那些聽起來不費力而可以滿足好奇心的節目發揮開去，也還是可以共賞的。這兒得留意隱藏着自己，自己的知識和自己的身分。但是「自己」並非不能作題目，「自己」也是人，只要將「自己」當作一個不多不少的「人」陳述着，不要特別愛惜，更不要得意忘形，人們也會同情的。自己小小的錯誤或愚蠢，不妨公諸同好，用不着愛惜。自己的得意，若有可以引起一般人興趣的地方，不妨說是有一個人如此這般，或者以多報少，像不說「很知道」而說「知道一點兒」之類。用自己的熟題目，還有一層便宜處。若有大人物在座，能找出適合他的口味而大家也聽得進去的話題，固然很好，可是萬一說了外行話，就會

引得那大人物或別的人肚子裏笑，不如談自己的倒是善於用短。無論如何，一番話總要能夠教座中人悦耳快心，暫時都忘記了自己的地位和職業才好。

有些人只願意人家聽自己的談話。一個聲望高，知識廣，聽聞多，記性強的人，往往能夠獨佔一個場面，滔滔不絕的談下去。他談的也許是若干牽搭着的題目，也許只是一個題目。若是座中只三五個人，這也可以是一個愉快的場面，雖然不免有人抱向隅之感。若是人多了，也許就有另行找伴兒搭話的，那就有些殺風景了。這個獨佔場面的人若是聲望不夠高，知識和經驗不夠廣，聽話的可窘了。人多還可以找伴兒搭話，人少就只好乾耗着，一面想別的。在這種聚會裏，主人若是盡可能預先將座位安排成可分可合的局勢，也許方便些。平常的閒談可總是引申別人一點兒，自己也說一點兒，想着是別人樂意聽聽的；別人若樂意聽下去，就多說點兒。還得讓那默默無言的和冷冷兒的收起那長面孔，也高興的聽着。這才有意思。閒談不一定增進人們的知識，可是對人對事得有廣泛的知識，才可以有談的；有些人還得常常讀些書報，才不至於談的老是那幾套兒。並且得有好性兒，要不然，淨鬧彆扭，真成了「話不投機半句多」了。記性和機智不用說也是少不得的。記性壞，往往談得忽斷忽連的，教人始而悶氣，繼而着急。機智差，往往趕不上點兒，對不上茬兒。閒談總是斷片的多，大段的需要長時間，維持場面不易。又總是報告的描寫的多，議論少。議論不能太認真，太認真就不是閒談；可也不能太不認真，太不認真就不成其有議論；得斟酌乎兩者之間，所以難。議論自然可以批評人，但是得泛泛兒的，遠遠兒的；也未嘗不可罵人，但是得用同情口吻。你

說這是戲！人生原是戲。戲也是有道理的，並不一定是假的。閒談要有意思；所謂「語言無味」，就是沒有意思。不錯，閒談多半是廢話，可是有意思的廢話和沒有意思的還是不一樣。「又臭又長」，沒有意思；重複，矛盾，老套兒，也沒有意思。「又臭又長」也是機智差，重複和矛盾是記性壞，老套兒是知識或見聞太可憐見的。所以除非精力過人，談話不可太多，時間不可太久，免得露了馬腳。古語道，「言多必失」，這兒也用得着。

還有些人只願意自己聽人家的談話。這些人大概是些不大能，或者不大愛談話的。世上或有「一錐子也扎不出一句話」的，可是少。那不是笨貨就是怪人，可以存而不論。平常所謂不能談話的，也許是知識或見聞不夠用，也許是見的世面少。這種人在家裏，在親密的朋友裏，也能有說有笑的，一到了排場些的聚會，就啞了。但是這種人歷練歷練，能以成。也許是懶。這種人記性大概不好；懶得談，其實也沒談的。還有，是矜持。這種人是「語不驚人死不休」的。他們在等着一句聰明的話，可是老等不着。——等得着的是「談言微中」的真聰明人；這種人不能說是不能談話，只能說是不愛談話。不愛談話的卻還有深心的人；他們生怕露了什麼口風，落了什麼把柄似的，老等着人家開口。也還有謹慎的人，他們只是小心，不是深心；只是自己不談或少談，並不等着人家。這是明哲保身的人。向來所讚美的「寡言」，其實就是這樣人。但是「寡言」原來似乎是針對着戰國時代「好辯」說的。後世有些高雅的人，覺得話多了就免不了說到俗事上去，愛談話就免不了俗氣，這和「寡言」的本義倒還近些。這些愛「寡言」的人也有他們的道理，謝安和劉義慶的讚美都是值得的。不過不能談話不愛談話的人，卻往往

更願意聽人家的談話，人情究竟是不甘靜默的。——就算談話免不了俗氣，但俗的是別人，自己只聽聽，也樂得的。一位英國的無名作家說過：「良心好，不愧於神和人，是第一件樂事，第二件樂事就是談話。」就一般人看，閒談這一件樂事其實是不可少的。

《中學生戰時半月刊》，一九四一年

（選自《朱自清文集》3 卷，南京：江蘇教育出版社，1988 年）

閒
棕櫚軒詹言之一

王力

　　中國的詩人，自古是愛閒的。「靜掃空房唯獨坐」，「日高窗下枕書眠」，這是閒居；「相與緣江拾明月」，「晚山秋樹獨徘徊」，這是閒遊；「大瓢貯月歸春甕」，「飛遙聞豆蔻香」，「林間掃石安棋局」，「短裁孤竹理云韶」，這是閒消遣。如果他們忙起來，他們也要忙裏偷閒；他們是「有愧野人能自在」，所以他們忙極的時候也要「閒尋鷗鳥暫忘機」。

　　但是，中國的俗諺卻說：「成人不自在，自在不成人。」，凡是願意興家立業的人都不肯「游手好閒」。表面看來，這和詩人們的思想是矛盾的。詩人們的思想似乎是出世的，是仙佛的一派；而社會上的老成人卻是入世的，是聖賢的一派。聖賢可學，仙佛不可學，所以我們不應該愛閒，因為愛閒就是「好閒」，「好閒」就非「游手」不可，而「游手」就有沒有飯吃的危險。其實，這只是一種很粗的看法。如果閒得其道，非特無損，而且有益。我們可以說，常人不可以「好閒」，而聖賢卻可以「愛閒」。

　　先說，一國的元首就應該閒。垂拱而治，是中國人所認為郅治的世界。身當天下的大任的人也應該閒，在軍書旁午的時候，諸葛亮仍舊是綸巾羽扇，謝安仍舊是遊墅圍棋，這種閒情逸致才能養成

他們那臨事不驚的本領。愛閒和工作緊張是可以並行不悖的。唯有精神不緊張的人，工作緊張起來才有更大的效力；否則愈忙愈亂，愈會把事情弄糟了的。

做地方官的人也應該有相當的閒暇。如果你不能閒，不是你毫無辦事能力，就是你為刮地皮而忙。「日晚愛行深竹裏，月明多上小樓頭」，白樂天並沒有因為愛閒而減少了民眾的好感；「豈唯見慣沙鷗熟，已覺來多釣石温」，蘇東坡並沒有因為愛閒而妨害了邑宰的去思。王禹偁詩裏說：「日長何計到黃昏，郡僻官閒畫掩門」，現在卻是郡越僻而官愈忙，因為「天高皇帝遠」，正是刮地皮的好機會。天天嘴裏嚷着：「忙呀！忙呀！」天曉得他是否為苞苴[1]而忙，為掊克[2]而忙，抑或是為逢迎上司，應酬土豪劣紳而忙！

至於文人，就更不能忙，更不應該忙。《三都賦》十稔而成，並不是天天忙着寫那賦，而是閒着在那裏等候，靈感來時才寫上一段。忙起來根本就沒有靈感！非但八叉手[3]不是忙，連九回腸[4]也不算是忙。當你聚精會神地去推敲一篇文章的時候，只像聚精會神地下一盤棋，是閒中取樂，不應該把它當做塵樊的束縛。如果你覺得是忙着做文章，那藐子之神會即刻離開了你。但是，不幸得很，那些賣文為活的文人卻不能不忙着做文章；尤其是在「文價」的指數和物價的指數相差十餘倍的今日，更不能不搜索枯腸，努力多寫幾

---

1. 指賄賂。
2. 指搜刮錢財。
3. 温庭筠很有文才，每次按規定的韻作賦，他叉八次手，八韻就寫成了。
4. 指想很長時間。

個字。在戰前，我有一個朋友賣文還債，結果是因忙致病，因病身亡。在這抗戰期間，更有不少文人因為「擠」文章而嘔盡心血，忙到犧牲了睡眠，以至於犧牲了性命。忙死了也得不到代價，因為愈忙愈是粗製濫造，寫不出好文章。不信請看我這一篇，我雖不是賣文為活，然而它也是在百忙中「擠」出來的。

「窮」「忙」二字是有連帶關係的。抗戰以來，謀生困難，多少原來清閒的人變了極忙的人！事情多了幾倍，我們都變了負山的蚊子；白晝的差事加上了夜間的職務，我們又都變了「為誰辛苦」的蜜蜂。回想當年，真是不勝今昔之感！古人說，不是閒人不知閒中之樂；現在我說，昔閒今忙的人更能了解閒中之樂。譬如巨富變了赤貧，回想當年的繁華，更悼念樂園的喪失。當年是「溪頭盡日看紅葉」，現在是「灶下終年做黑奴」；當年是「一部清商 5 一壺酒」，現在是「一堆鈔票一天糧」。當年我們盡有閒工夫讀遍千部書，現在我們竟沒有閒工夫吃完一碗飯！

本來，在這個大時代，我們有更大的希望在前頭，自然應該犧牲了我們的閒暇。不過，悠游卒歲的人仍不在少數，這就形成了我們的不平。古人說「不患貧而患不均」，現在我們說「不患忙而患不均」。如果有法子處理那些不勞而獲的錢財，使人人自食其力，我相信許多人都用不着像現在這樣忙。

一九四四年四月九日昆明《中央日報》星期增刊

（選自《龍蟲並雕齋瑣語》，北京：中國社會科學出版社，1982 年）

---

5. 樂府樂曲名。

暫時脫離塵世

豐子愷

　　夏目漱石的小説《旅宿》（日本名《草枕》）中有一段話：「苦痛、憤怒、叫囂、哭泣，是附着在人世間的。我也在三十年間經歷過來，此中況味嘗得夠膩了。膩了還要在戲劇、小説中反覆體驗同樣的刺激，真吃不消。我所喜愛的詩，不是鼓吹世俗人情的東西，是放棄俗念，使心地暫時脫離塵世的詩。」

　　夏目漱石真是一個最像人的人。今世有許多人外貌是人，而實際很不像人，倒像一架機器。這架機器裏裝滿着苦痛、憤怒、叫囂、哭泣等力量，隨時可以應用。即所謂「冰炭滿懷抱」也。他們非但不覺得吃不消，並且認為做人應當如此，不，做機器應當如此。

　　我覺得這種人非常可憐，因為他們畢竟不是機器，而是人。他們也喜愛放棄俗念，使心地暫時脫離塵世。不然，他們為什麼也喜歡休息，喜歡説笑呢？苦痛、憤怒、叫囂、哭泣，是附着在人世間的，人當然不能避免。但請注意「暫時」這兩個字，「暫時脫離塵世」，是快適的，是安樂的，是營養的。

　　陶淵明的《桃花源記》，大家知道是虛幻的，是烏托邦，但是大家喜歡一讀，就為了他能使人暫時脫離塵世。《山海經》是荒唐的，然而頗有人愛讀。陶淵明讀後還咏了許多詩。這彷彿白日做夢，也可暫時脫離塵世。

鐵工廠的技師放工回家，晚酌一杯，以慰塵勞。舉頭看見牆上掛着一大幅《冶金圖》，此人如果不是機器，一定感到刺目。軍人出征回來，看見家中掛着戰爭的畫圖。此人如果不是機器，也一定感到厭煩。從前有一科技師向我索畫，指定要畫兒童遊戲。有一律師向我索畫，指定要畫西湖風景。此種些微小事，也竟有人縈心注目。二十世紀的人愛看表演千百年前故事的古裝戲劇，也是這種心理。人生真乃意味深長！這使我常常懷念夏目漱石。

一九七二年

（選自《緣緣堂隨筆集》，杭州：浙江文藝出版社，1983 年）

著者簡介

周作人（1885-1967）

原名櫆壽，字星杓，後改名奎綬，自號起孟、啟明、知堂等。魯迅之弟，周建人之兄。周作人精通日語、古希臘語、英語，並曾自學古英語、世界語。其致力於研究日本文化五十餘年，深得日本文學理念的精髓。其筆觸近似於日本傳統文學，以溫和、沖淡之筆，把玩人生的苦趣。

代表作品：《藝術與生活》、《苦竹雜記》等。

夏丏尊（1886-1946）

浙江紹興上虞人。名鑄，字勉旃，後改字丏尊，號悶庵。文學家、語文學家、出版家和翻譯家。開明書社創辦人之一，創辦《中學生》雜誌。一生致力於教育，矢志不渝。曾與魯迅先生等參加反對尊孔復古的「木瓜之役」。

代表作品：《白馬湖之冬》、《文藝論 ABC》等。

林語堂（1895-1976）

福建龍溪（漳州）人。原名和樂，後改玉堂，又改語堂。一代國學大師，現代著名作家、學者、翻譯家、語言學家。曾多次獲得諾貝爾文學獎提名的中國作家。將孔孟老莊哲學和陶淵明、李白、蘇東坡、曹雪芹等人的文學作品英譯推介海外，是第一位以英文書寫揚名海外的中國作家。

代表作品：《京華煙雲》、《吾國與吾民》、《生活的藝術》等。

阿英（1900–1977）

安徽蕪湖人。即錢杏邨，原名錢德富，又名錢德賦。現代著名劇作家、文學理論家、文藝批評家。一生著述豐富，著有詩歌、小説、散文，尤以戲劇成就最高。

代表作品：《李闖王》、《碧血花》、《阿英文集》等。

豐子愷（1898–1975）

浙江嘉興石門鎮人。原名豐潤，又名仁、仍，號子顗，後改為子愷，筆名 TK，以中西融合畫法創作漫畫而著名。其自幼愛好美術，後師從李叔同，也因此結緣佛學，故鄉居所命名「緣緣堂」。「一片片的落英，都含蓄着人間的情味。」（俞平伯評）

代表作品：《緣緣堂隨筆》、《畫中有詩》等。

王力（1900–1986）

字了一，廣西博白人。語言學家、教育家、翻譯家、散文家和詩人。中國現代語言學的奠基人之一，師從梁啟超、王國維、趙元任、陳寅恪等。

代表作品：《漢語詩律學》、《漢語史稿》等。

吳組緗（1908–1994）

原名吳祖襄，字仲華，安徽省涇縣茂林人。小説家、散文集、古典文學研究家。曾與林庚、李長之、季羨林並稱「清華四劍客」。他寫的小説、散文大多取材於家鄉，擅長描摹人物的語言和心態，有濃厚的地方特色，堪稱寫皖南農村風俗場景第一人。

代表作品：《一千八百擔》、《鴨嘴澇》等。

黃裳（1919–2012）

原名容鼎昌，當代散文家，祖籍山東益都（今青州）人，滿族人。黃裳學識淵博、文筆絕佳，文化底蘊深厚，被譽為「當代散文大家」，晚年更以藏書、評書、品書著稱於文壇。

代表作品：《過去的足跡》、《榆下說書》等。

宋雲彬（1897–1979）

著名文史學者、雜文家，浙江海寧人。早年只讀過兩年中學，一貫勤奮自學，在長期編輯工作中深入鑽研，終成名家。他的許多著作深入淺出，思想性、知識性、趣味性兼備，被稱為「大專家寫的普及讀物」。

代表作品：《東漢之宗教》、《紅塵冷眼》等。

孫犁（1913–2002）

原名孫樹勛，河北省衡水市安平人。現當代著名小說家、散文家，「荷花澱派」的創始人。他的作品清新自然、樸素洗練、柔中寓剛、鮮明秀雅，有一種不可多得的文人氣質。

代表作品：《荷花澱》、《風雲初記》等。

邵燕祥（1933– ）

雜文大家，思想深邃，文筆老辣，有「當代魯迅」之稱。

代表作品：《沉船》、《人生敗筆》等。

賈平凹（1952– ）

原名賈平娃，陝西省丹鳳縣人。當代文壇屈指可數的文學大家和文學奇才，具有廣泛影響力。

代表作品：《秦腔》、《懷念狼》等。

高曉聲（1928-1999）

江蘇武進人。當代著名作家。擅長描寫農村生活，善於在普通農民的日常生活中發現並揭示具有重大意義的社會問題，探索我國農民坎坷曲折的命運與心路歷程的變化，文筆簡練幽默，格調寓莊於諧，在新時期文苑獨樹一幟。

代表作品：《走上新路》、《解約》、《不幸》等。

梁遇春（1906-1932）

筆名馭聰、秋心，福建閩侯人。現代散文家、翻譯家。師從葉公超等名師。其散文風格另闢蹊徑，兼有中西方文化特色。在 26 年的人生中撰寫多篇著作，被譽為「中國的伊利亞」。

代表作品：《春醪集》、《淚與笑》等。

郁達夫（1896-1945）

原名郁文，字達夫，幼名阿鳳，浙江富陽人。中國現代著名小說家、散文家、詩人。他在文學上主張「文學作品，都是作家的自敍傳」，具有濃厚的浪漫主義傾向。

代表作品：《沉淪》、《故都的秋》、《春風沉醉的晚上》等。

梁實秋（1903-1987）

原名梁治華，生於北京，浙江杭縣（今餘杭）人。筆名子佳、秋郎等。散文家、文學批評家、翻譯家，國內首個研究莎士比亞的權威，曾與魯迅等左翼作家筆戰不斷。

代表作品：《雅舍小品》、《槐園夢憶》等。

葉聖陶（1894-1988）

原名葉紹鈞，字秉臣，後字聖陶。江蘇蘇州人。著名作家、教育家、文學出版家和社會活動家，有「優秀的語言藝術家」之稱。他的散文或寫世抒情，或狀物記人，或議事說理，一般都有較為深厚的社會人生內容和腳踏實地的精神；藝術上則主要顯示出平淡雋永的情趣和平樸純淨的語言風格。

代表作品：《隔膜》、《腳步集》等。

吳伯簫（1906-1982）

原名吳熙成，筆名山屋、天蘇等，山東省萊蕪人。其作品以真摯深厚的情感，樸實動人的描繪，嚴謹縝密的結構，清麗洗練的語言，贏得了眾多讀者喜愛。

代表作品：《潞安風物》、《冰州行》等。

老舍（1899-1966）

原名舒慶春，字舍予。因生於立春，取名「慶春」，意為前景美好。上學後，自己更名為舒舍予，意在「捨棄自我」。現代小說家、作家。老舍的語言俗白精緻，他自己說：「沒有一位語言藝術大師是脫離群眾的。」因此，在其作品中，一腔京味兒，很是動人。

代表作品：《駱駝祥子》、《四世同堂》等。

陸蠡（1908-1942）

浙江天台人。學名陸聖泉，原名陸考原，現代散文家、革命家、翻譯家。資質聰穎，童年即通詩文，有「神童」之稱。巴金認為他是一位真誠、勇敢、文如其人的作家。

代表作品：《海星》、《竹刀》、《囚綠記》等。

方令孺 (1897–1976)

安徽桐城人。散文作家、詩人，方苞的後代。因排行第九，人稱九姑。二十世紀三十年代初開始寫新詩，與林徽因被稱為「新月派」僅有的兩位女詩人。她的散文文字清新，情感細膩。與張愛玲並稱「南張北方」。

代表作品：《靈奇》、《信》等。

柯靈 (1909–2000)

原籍浙江紹興市斗門鎮，生於廣州，原名高季琳，筆名朱梵、宋約。當代著名作家、散文家和電影文學家。最早以散文步入文壇，其成就最大，影響最廣的也是散文。他的散文將古代文人之韻風與現代作家之思察融為一體，詞采飛揚、耐人咀嚼，堪稱散文之大家。

代表作品：《龍山雜記》系列、《柯靈電影劇本選集》等。

朱自清 (1898–1948)

祖籍浙江紹興，原名自華，字佩弦，號實秋。中國現代文學史上傑出的散文家、詩人。21 歲開始發表詩歌並出版詩集。27 歲時執教於清華大學，研究中國古典文學，創作則以散文為主。其散文名篇膾炙人口，是真正深入街頭巷尾的文學經典，被譽為「天地間至情文學」。

代表作品：《背影》、《你我》、《歐遊雜記》等。

課堂外的讀本系列

陳平原、錢理群、黃子平 編

1. 男男女女　魯　迅、梁實秋、聶紺弩　等　ISBN: 978-962-937-385-6

2. 父父子子　魯　迅、周作人、豐子愷　等　ISBN: 978-962-937-391-7

3. 讀書讀書　周作人、林語堂、老　舍　等　ISBN: 978-962-937-390-0

4. 閒情樂事　梁實秋、周作人、林語堂　等　ISBN: 978-962-937-387-0

5. 世故人情　魯　迅、老　舍、周作人　等　ISBN: 978-962-937-388-7

6. 鄉風市聲　魯　迅、豐子愷、葉聖陶　等　ISBN: 978-962-937-384-9

7. 說東道西　魯　迅、周作人、林語堂　等　ISBN: 978-962-937-389-4

8. 生生死死　周作人、魯　迅、梁實秋　等　ISBN: 978-962-937-382-5

9. 佛佛道道　許地山、周作人、豐子愷　等　ISBN: 978-962-937-383-2

10. 神神鬼鬼　魯　迅、胡　適、老　舍　等　ISBN: 978-962-937-386-3